U0677616

La Malalegna

诽谤

［意］ 罗莎·文特雷拉　著

储可凡　译

中国友谊出版公司

图书在版编目（CIP）数据

诽谤 ／（意）罗莎·文特雷拉著 ；储可凡译. —— 北京：中国友谊出版公司，2022.12

ISBN 978-7-5057-5333-4

Ⅰ．①诽… Ⅱ．①罗… ②储… Ⅲ．①长篇小说-意大利-现代 Ⅳ．①I546.45

中国版本图书馆CIP数据核字(2021)第188763号

著作权合同登记号 图字：01-2021-6633

Original Title: La Malalegna by Rosa Ventrella

First published in Italy by Mondadori Libri S.p.A. 2019

The Simplified Chinese edition is published in arrangement through Niu Niu Culture working in conjunction with Walkabout Literary Agency.

书名	诽谤
作者	[意] 罗莎·文特雷拉
译者	储可凡
出版	中国友谊出版公司
发行	中国友谊出版公司
经销	新华书店
印刷	三河市龙大印装有限公司
规格	880×1230毫米　32开 8.5印张　141千字
版次	2022年12月第1版
印次	2022年12月第1次印刷
书号	ISBN 978-7-5057-5333-4
定价	45.00元
地址	北京市朝阳区西坝河南里17号楼
邮编	100028
电话	(010) 64678009

电话　(010) 59799930-601

献给我的孩子

我用平凡的双眼望向她独一无二的面孔

她的沉默如同闭锁的花园

她什么也没说

我要去往所有人都去的地方……

——恺撒·安东尼奥·莫丽娜 《爱情的逃亡》

目录
CONTENTS

一九七九年 阿尔诺

关于我们的故事，我了解多少？

我记得妹妹的婚纱，记得她在自己的世界里宛如女王般掌控一切的欢愉，记得她在巷子里高喊母亲姓名的声音，扭曲而又尖锐。

夜里，我梦见了她，感受到她的存在。我追逐着一阵遥远的回声，这声音拖着我下坠，回到了童年时的土地。一片贫瘠的荒野包围着我们，到处都是嶙峋的石头，如同一大群水牛。突然，妹妹的声音消失了，我又一次陷入了夜晚的虚无。我拿起床头柜上的照片，那是我们一起拍的，我，安吉丽娜，妈妈和爸爸。在爸爸苦涩的目光中，在妈妈美丽的容颜面前，我浅浅微笑。

我记得北风呼啸的寒夜，我和安吉丽娜脱下厚厚的鞋子和袜子，坐在燃烧的火炉前，用手搓着脚烘烤。那一刻，我忽然觉得自己抓住了幸福，这种幸福毫无理由，它似乎完好无损地保存在某个地方，没什么能够与之媲美。

我记得科佩蒂诺的石板小巷，那些肮脏而曲折的街道，就连光线都无法渗透。房屋紧紧地挨在一起，早晨女人们可以在窗口互相问候，午餐时可以闻到对面人家肉汁的香气，床单可以晾晒在两栋建筑物之间。再往前走，就是茂密的田野、圣栎树林、荆棘丛生的土丘。有关狼群的传说，还有居住在那片不毛之地的强盗的故事，如同中世纪的鸥鹈飞来飞去，在人们口中流传。冬季，它们从门下的缝隙里钻进房屋，仿佛恶魔的笑声，缠绕着孩子们的脚踝。妈妈在煮蔬菜汤，阿孙塔奶奶把我和安吉丽娜抱在怀里，开始讲起故事，故事的声音如同镇静剂、麻醉药，如同甜美而温暖的酒精液体，注射进我们的皮肤。

安吉丽娜不断地打断奶奶平淡的叙述。她对某件事不满意时就会这样，冒失的提问，挑衅的表情，舌头发出夸张的啧啧声。这一切我都记录了下来。

现在我依然会想起安吉丽娜，一想到她，我就如鲠在喉。过去时光的回忆和经年的悲伤混杂在一起，化成极度痛苦的思念。妈妈在我们的房间里擦拭洋娃娃身上的灰尘，娃娃是用手绢制成的，在眼睛和嘴巴的位置缝上了纽扣。妈妈整理窗帘，换洗床单，拍打枕头，折叠睡衣，抚去嵌入刷子鬃毛间的头发，房间里物品的反光、玻璃、镜子，倒映出她日渐衰老的容颜。

我远远地朝妹妹说出最后的话语，声音细微到只有自己能够听见。我向她投去最后一道目光，看着她死气沉沉的身体，白皙的手臂，肿胀腐烂的皮肤。我在她的身体上窥探到了属于她身体的最后的痕迹，脚踝上的划痕，修剪过的指甲，长而干瘪的脚趾。我一直觉得她的脚趾很难看，小趾太细太长，大脚趾却又平又粗，一点也不和谐。也许我只是想找到她的缺点，平衡她完美的外表。我盯着她了无生气的脚，数着时间。二十二，和她活过的年岁一样。我的眼中盛满了泪水，就这样望着她的身子。一只脚脚背挺直，脚趾僵硬，一动不动，另一只脚则微微扭曲，仿佛经历过什么痛苦。

　　现在我明白了，我就是为此而留。我要留下来，讲述我们所有人的故事。就像阿孙塔奶奶教我的那样，慢慢地，慢慢地，从开头讲起。

　　"哪里是开头呢？"父亲问我。

　　也许他看到了来自远方的悲伤。我常常在睡梦中惊醒，夜里，我感受到细微的喘气，如同遥远的脚步声、蟾蜍的尖叫声。我了解她什么呢？我问自己，我又了解我们什么呢？

　　"从流言开始。"我回答道。

　　我要从那里开始，从它潜入我们的生活开始。

等待

1

　　房子是单间，帘幔把它一分为二，一边用来吃饭，一边用来休息，一半是睡梦，一半是清醒。离门最近的地方放了一张桌子和四把椅子。一扇窗户面朝街道，另一扇窗户正对庭院，院子里缀着一棵杨梅树，地上散落着鸡粪。

　　那时我是个骨瘦如柴的女孩，是一只瘦骨嶙峋的小鸟。为了让我吃一口饭，妈妈和奶奶都快发疯了。我把食物塞进嘴里，腮帮子鼓成球，但却不咽下去。阿孙塔奶奶对着母亲破口大骂："你还指望什么？她肚子里有绦虫，要么就是有毒眼①，反正有点什么毛病，正常人不是

---

① 迷信认为，毒眼会让人倒霉。

这样的。"我沉默不语。

我没有什么爱好，整洁有序算是其中之一。小学一年级的时候，我就会用手抚平我整洁的小围裙，我抚摸着硬挺的蝴蝶结，梳理我柔软的头发，把它们扎成两股紧紧的辫子，紧到似乎能撕开我的头皮。如果我感觉到辫子松了，就会扯紧辫绳，直到双眼被绳子的张力拉得不自然起来。我爱的另一件事是观察妈妈，观察她走路的方式。妈妈踮着脚尖走路，脖子近乎垂直，行动优雅，如同赤足的芭蕾舞者。我和妹妹经常模仿她这副矜贵的仪态。在大街上她也这么走路，无论男女，都能被她吸引，男人们的目光一路尾随，而女人们只是偷偷窥探她。尽管附近的女子都对她礼貌有加，但却掩饰不住嫉妒的眼神。

流言无处不在，追随着我的母亲，让她不得不躲躲闪闪。母亲在巷子里穿行，踏上通往广场的螺旋楼梯，撞倒装油的玻璃坛子。她走进了水果摊前那些蠢驴的视野，沙丁鱼小贩、面包师傅、水果摊主、驻足在家门口的那些婆娘、黑眼睛的女巫，纷纷被她吸引，还有沿街叫卖，收废铁废砖的车夫，他喉咙里的声音从远方传来，如同悲伤的召唤。

母亲缓缓前行，试图摆脱西米鲁塔的目光，那是个丑陋无牙的老妪，背驼得厉害，迫使她不得不一直看向地面。西米鲁塔一边朝着石制斜槽倒夜壶，一边斜着眼睛打量母亲，脸都变形了。石槽之上，车轮滚滚而过。她把自己裹在棕色披肩里，里面藏着夜壶，每当母亲带着我和安吉丽娜从她面前经过，她就朝地上吐口水。母亲还得躲避皮尔逊男爵的目光，他是科佩蒂诺所有土地的主人。他像纯种马一样暴躁、忧郁而易怒，然而当他看到母亲时，就会歪着脑袋，绽放出孩童般的微笑，和那些农民见到他时的举止一样。阿孙塔奶奶说，母亲的美丽给我们这个家判了刑。

而这份刑罚也会延续到妹妹身上。

朱莉叶塔是一位接生婆，科佩蒂诺所有的孩子都是她接生的，也有很多孩子被她用欧芹汁和铁针①送往了另一个世界。安吉丽娜出生时，她宣判道："这孩子随母亲，长了一双库尔人的眼睛。"然后她看向我，薄薄的嘴唇泛起淡淡的微笑："小丫头，别害羞，过来看看你妹妹。"我迈着小碎步挪近，我害怕朱莉叶塔，她很胖，也不够好看，浓密的眉毛衬得她双眼黯淡。我也害怕她的丈夫，镇子里的人都叫他"公羊"。有人说他和山羊交配，就连那个拥有东方女性特有的深色眼眸的女巫斯奎纳也信誓旦旦地说，曾看到他与恶魔交配。"看起来像个女人。"她继续说道，"不过皮肤是红色的，浑身冒烟，像个印度邦主。是啊，就是这样的，像块燃烧的炭。头上有犄角，还长着水牛尾巴。"

---

① 这里均指流产方式。

2

　　时值冬季，狂风震得门窗吱吱作响，爷爷阿曼多、奶奶阿孙塔、爸爸妈妈、安吉丽娜和我都围坐在炭火盆边。我瘦弱的身躯快冻僵了，时不时把脚放在地上，立马被冰凉的地板冻得浑身哆嗦。爷爷和爸爸沉默不语。有时候爸爸会叹气，重重的心事似乎扭曲了他俊美的轮廓。圆月当空，皎洁无瑕，树木纷纷折腰，树枝触碰大地。院子里的杨梅树在暴风的猛烈攻击下发出呻吟声。炭火颤抖着，爸爸的双眼在火光中闪烁，像科佩蒂诺春日的田野一般碧绿。阿曼多爷爷偷偷瞟了他一眼，然后也叹了一口气，灵活的小眼睛扫过每一个人的面庞。爷爷朝嘴里塞了几颗鹰嘴豆，清了清嗓子："我有没有给你们讲到，那伙强盗来到了卡尔多塔？"他靠近火炉搓搓手，问道。爷爷的故事就这样栩栩如生地开始了。

　　镇子里的人都说，很久很久以前，一伙强盗在卡尔多塔里藏了一笔宝藏。在爷爷的故事里，那二十四个强盗形同魔王，偷走了玛丽亚·丹恩男爵夫人的宝贝。我想象着他们在穆歌的荒野丛林间流浪，在树上、在灌木丛间睡觉，从鸟窝里掏出羽翼未丰的小鸟吃，从地里挖树根充饥。我看到他们鬼鬼祟祟地收集藏在塔楼小屋里的战利品，吟诵他们骇人的诅咒：

谁若靠近卡尔多宝藏，谁就将毙命于此。

长长的头发，粗硬的胡须，饰有兽角的斗篷，强盗的形象如同黑色的阴影，在火光四周不安地浮动。还有一个长着女人脸的恶魔，皮肤像印度邦主一样赤红冒烟。我闭上双眼，感觉自己的胳膊和双腿逐渐僵硬。阿曼多爷爷拥有讲故事的天赋，父亲拥有沉默的天赋，阿孙塔奶奶拥有农民的智慧，母亲和妹妹拥有美貌。那我呢？我的天赋还有待发掘。童年的大部分时光里，我都只是个旁观者。

那时我大约八岁，一个冬季的星期日，爷爷把我和安吉丽娜带到了卡尔多塔。"我也想成为男爵夫人。"妹妹干巴巴地说。

她双手叉腰，抬起下巴，似乎想要闻一闻空气。四周的乡村野地长满灌木丛，树木郁郁葱葱。我极尽所能，试图把四面的风光尽收眼底，我觉得这方小小的世界，像贝壳一样柔软温和，这是一片神奇的土地，似乎已经停滞了好几个世纪。四面墙，一间迷你小屋，一扇尖拱形小门，侧面有双扇小窗。男爵夫人古老的居所就在这里了。

"玛丽亚男爵夫人肯定是一位美丽的女子，像妈妈一样留着黑色长发。"安吉丽娜好奇地凝视着卡尔多塔入口大门的锁，继续说道。也许她觉得能用自己的目光打开它，可这即便是女巫也做不到。

相反，我猜测男爵夫人是个粗野的老女人，常年的独居生活磨去了她脸上的棱角，她的脖子从白衬衫的百褶领中探出来，松弛而发黄。

"话说，没有人寻找过强盗们藏起来的宝藏，把它们带走吗？"安吉丽娜问。

"唉。"祖父叹了口气，似乎讲话会让他筋疲力尽。他咬紧牙，轻轻叹息，有些恼怒，但依然很热情，"在这里待久了好冷。"他为自己辩解道。

"好啦，爷爷，你快讲。"安吉丽娜步步紧逼。抵不住安吉丽娜的追问，阿曼多爷爷抚平一处草丛，然后躺在上面，让我们坐在他旁边。

"一天，一位年老的智者告诉一位勇敢的农民，要想找到卡尔多塔的宝藏，就得在耶稣受难日那天的夜晚，带着一个襁褓中的婴孩和一头献祭的羔羊登上塔顶，一束光会指引他来到藏宝室。农夫焦躁地等到那一天，但却没有带孩子，因为他明白，如果带上孩子，孩子一定会牺牲。他也没有带羔羊，因为那天是耶稣受难之夜，他找不到一个可以为羔羊祈福的牧师。他开始爬梯子，没走几步，就感觉到一股不知名的力量猛然抓住了他的肩膀，只得仓皇而逃。是盗贼的幽灵守护着宝藏，阻止那些勇士把它占为己有。"

"即便是女巫也没讲过这么精彩的故事。"安吉丽娜兴高采烈。

"啊，是啊。"祖父微笑，"现在我们来做个游戏，换你俩给我讲故事。"

安吉丽娜愣住了，她半张着嘴，头发散乱在额前，一动不动了好一会儿。

"你先来，安吉丽娜。"我鼓励她，"你比我有想象力。"

她清了清嗓子，站了起来。在那段时间里，我就已经很难把她当作一个小女孩了，在任何情况下她都知道该说什么，总有办法保持自信，这让我常常觉得她有些张狂。只有在睡觉的时候，她才符合她这个年龄该有的样子。

我们俩睡同一张床，但是方向相反，我把脸枕在手上，静静端详她。她在梦里十分好动，眼皮跳来跳去，嘴唇做出怪样，似乎想要说话，然而她只是叹了口气，把要说的话藏回梦境。那些时刻我心想，为何她总能不加掩饰，率真坦然呢。我也有很多想法，只是我会深思熟虑。这些话语在我的脑海中堆积如山，彼此追逐，给予我灵感解决那些对我来说往往过于复杂的问题。我表达自己的方式太过犹豫不决，我结结巴巴，激怒了所有人。后来我才明白，像安吉丽娜一样用最简单、最通俗、最本能的语言表达就好了，我的问题在于措辞太过复杂。

"这个故事是女巫以前给我讲的。"她手舞足蹈，开始讲道，"有一个要嫁人的女孩……"

祖父将手肘支在双腿上。双手托腮，他的双眼再次骨碌碌转动起来，不再是疲惫的神态。

"婚礼前一天晚上，她试穿了自己的礼服，离开房子去往池塘，想在水中好好看看自己。她觉得自己无比美丽，为了更真切地欣赏自己，她竭尽所能地靠近池塘。她实在太喜欢自己的面容了，试图触摸水中的倒影。突然，她看到……"她屏住呼吸，"一只肥胖的死蟾蜍的尸体！"

"那又怎样？"我打断了她。

"我敢打赌，这个可怜的女孩不会长寿。"爷爷说。

"你怎么知道？"安吉丽娜问。

"碰到死蟾蜍身边的水是要倒霉的。小丫头，你们都得小心。"

安吉丽娜坐了回去，她感到有些恼火，爷爷已经知道了她故事的结局。

"现在轮到你了，特蕾莎。"

我僵了一会儿，弓着背，看向地面，然后犹豫地站了起来。我觉得在他们面前讲话很尴尬，我感觉自己摇摇欲坠，似乎要向左侧倒下。在我的一生中，这一直都是灾难的预兆，是我的身体表达不适的方式。

"不要结巴哦。"安吉丽娜说。

"嘘。"爷爷让她闭嘴，"你得先在脑海里找到词汇，然后再表达出来。"

但是我没有成功，我什么故事也没有想到。

3

阿曼多爷爷去世的时候，我只有十岁。那是一九四一年，天气闷热得令人难以忍受，蓝天似乎也融化了，变得模糊不清。蟋蟀"蛐蛐"地叫着，苍蝇也"嗡嗡"个不停。孩子们在巷子里大喊大叫，用田地里捡来的干树枝扮演士兵。女人们躲在墙角边乘凉，喋喋不休。我好像变成了一个羊皮纸娃娃，每一种声音都能穿透我。直到现在，每当我回想起那一天，都能感觉到伤口在腐烂疼痛，一股酸楚涌上心头，灼烧我的喉咙。

阳光炙烤大地，我们和母亲一起走在路上，安吉丽娜向她伸出手，任性地哭了起来。

一个小男孩端着干树枝制成的步枪站在我们面前，枪口对准我们。

"砰、砰。"他说，"你们死了。"

安吉丽娜紧紧抓住妈妈的裙子，泪水让她看上去茶然沮丧。我停下脚步，打量这位穿着短裤的临时士兵。他长得很英俊，有一只断眉，头发粗硬，嘴唇厚厚的，双眼如同两个榛子。

"让我们过去吧，孩子。"妈妈轻声说，"我们今天失去了祖父，都很难过。"

我颤抖起来，关于失去的思绪似乎变成了一种黏糊糊的东西，缠绕着我的五脏六腑。妈妈一提到这个词，我就能感觉到它。

"不要对我指手画脚的。"男孩生硬地说，胳膊绷得更紧了。他的树枝可以打人、伤人、让人流血。

安吉丽娜擦干眼泪，走向他，"你想从我们这里得到什么？"她傲慢地问。

"我是一名士兵，要守卫这条道路。"

安吉丽娜穿着碎花短裙，跺一双木屐。这双木鞋是我穿剩的，对她的脚来说太大了。

"你现在就让我们过去。"她双手叉腰，朝男孩发号施令。

"谁说的？"男孩榛子般的双眼显得有些蛮横。

"我说的。"

"哦？你是谁？"

"我是墨索里尼①的孙女。"安吉丽娜扬起下巴吹嘘道。

① 贝尼托·阿米尔卡雷·安德烈亚·墨索里尼（Benito Amilcare Andrea Mussolini，1883年7月29日—1945年4月28日），意大利国家法西斯党党魁、法西斯独裁者，第二次世界大战的元凶之一，法西斯主义的创始人。

妈妈拽住她的胳膊，一只手捂住她的嘴。男孩凝视着我们，在他的眼中，我读到了恐惧。他丢下木制步枪逃跑了，差点被石头绊倒。

"你到底在说什么玩意儿？"妈妈忧心忡忡地问。但安吉丽娜朝着她微笑，她赢了。

我们继续踏上前往爷爷家的路。越往前进，我越是头痛难忍。脑海里仿佛有无数蜜蜂嗡嗡作响，我的呼吸变得急促，脚步也放慢了。广场附近有一群玩弹珠的小孩子。"领袖啊领袖[1]，为我们带来光。"他们低声哼唱着。妈妈一只手紧握住另一只，那一刻，似乎连孩童都让她感到害怕。

我们到的时候，爸爸已经在那儿了，人们围着棺材，仿佛一圈乌鸦。阿孙塔奶奶颓然地倒在椅子上，手臂挂在两侧，脑袋左右摇晃。她低声絮絮叨叨，不知在说些什么。祖父身着做礼拜时穿的体面衣服。他们把他的双手交叠，放在胸口上，又用一条手帕绑住他的脖子下方，这样下巴就不会张开了。

在我和安吉丽娜还小的时候，阿曼多爷爷经常给我们描述他参加过的战争，但却没有讲述战争中的残酷。他只是讲到士兵咽下难吃的食物，吞下被污染过的水，痢疾冷不丁就会找上门来，让他们的屁股一次又一次成为苍蝇和虱子的战利品。我们想象着士兵的屁股如同圆

---

① 法西斯统治时期，人们称墨索里尼为领袖。

圆的月亮，排成长队照亮夜晚的场景，不由得开怀大笑。

而如今我们正在经历的这场战争，我也无法确切说出它对我来说意味着什么。一开始，战争的消息不过是断断续续地传入我们耳中，几乎没有什么危险。而自从它偷偷潜入我们的生活以来，我就养成了数日子的习惯。后来，不管是什么我都要数上一数。我数过通往地下室的台阶，数过从广场走到弗拉泰利·班迪尔拉路的步数，那里住着一个年老的疯女人，嘴里总是念念有词，朝路人扔各种瓜果蔬菜。我还数星星，数蚂蚁，它们在我家院子里排兵布阵，收集食物的残渣。

井然有序会让我感到舒适。就连阿孙塔奶奶强迫我端详爷爷瘦弱的身躯时，我也在计数时间。爷爷的皮肤已经发黄，散发出刺鼻的气味，仿佛什么东西变质了，正在慢慢腐烂。他的脸尖尖的，在我眼中爸爸的脸和他几乎一模一样。服丧的这段日子里，爸爸的面容失去了原有的英俊，皮肤不再光滑，双眼不再炯炯有神。爸爸阴郁的目光和阿曼多爷爷太像了。似乎他们在不断衰老的同时，都保留住了最重要的特征。

生命最后的日子里，爷爷不再讲故事了。他再也记不清事情，总是混淆我们的名字，他摇晃着头，紧紧盯着天花板，像个犯了错的孩子。有时候，我能看见他专心致志地、安静地收集桌布上的面包屑，抑或弯曲手指，攥紧手里的东西。

他似乎在努力保持自己对事物的注意力，以免错过某些细节。像我一样，他也需要描绘事物的轮廓，需要认知准确的顺序。最后几周，他一直待在卧室里，和雪茄、消毒剂和尿液的气味做伴。

然而，那段日子里，死亡无处不在。

大人的世界里充斥着死亡，一个老人的离开并不会引起过多的关注。国家有那么多人，每个人都有亲朋好友在前线浴血奋战，每个人都明白，战斗有输有赢。只有我们孩子才幸免于此。男孩子用木制步枪玩游戏，女孩子就在边上看。"小孩不参战，小孩子不会死。"奶奶总是这么对我们说。童年就像一个强大的护身符，保护着我们。

爷爷去世后不久，父亲也参战了。我开始计算父亲不在的日子，妈妈变得沉默寡言，阿孙塔奶奶也惶恐不安，妮妮娜婶婶和附近的主妇们坐在家门口，为士兵织毛衣、缝补取暖的衣服。但没有一个人谈论前线作战的男人，死亡在无声中蔓延开来。妈妈时不时会拿出自己婚礼的照片，给所有的主妇们看。

"看，多帅气啊。"她说，"我的纳尔多真帅气。"

每天早晨，我一醒来就开始数数。我拿起照片，幻想他们婚礼那天的场景。我把妈妈口中那些支离破碎的片段拼凑在一起，闭上眼，仿佛和他们在一起似的。

我就这样在幻想中生活，它能为我抵御周遭发生的一切。妈妈和奶奶在门口缝缝补补，我就蜷缩在床上，手里紧紧抓着手帕扎成的洋娃娃。我和安吉丽娜叫她"妮妮塔"，因为她长得很像妮妮娜婶婶的侄女。那个女孩两岁时就去世了，离开这个世界的时候，她还很小，仿佛刚刚出生似的。

"看，妮妮塔。"我向她展示爸爸妈妈的结婚照，"这是纳尔多和卡特琳娜。"妮妮塔点了点头，黄色羊毛线做成的头发来回飞扬。

我眨眨眼，紧紧握住布娃娃，悲伤烟消云散。爸爸妈妈的笑脸似乎又复活了，在我四周翩翩起舞。

幸福从远方而来，我感觉到它在我的肌肤上蜿蜒。

4

一天早晨，战地派了一群人过来，仔细搜寻一切可以为国家所用的物品，或是可以熔炼成子弹的东西，值钱不值钱的都不放过。他们打穿了锅、花瓶和盘子，这样所有人都能知道，这些东西只会用来帮助前线的士兵，而不会提供给别人。

接生婆的丈夫挨家挨户地向所有人发出警告，说法西斯分子正在一家家筛选过去。妈妈拾掇出几个豁嘴的旧花瓶和一只大桶，用草木灰洗床单的时候就会用到这只大桶，我和安吉丽娜也会在这里面洗澡，因为洗过床单的水里有碱液，妈妈可以用它把我们擦洗得干干净净。

"不知道以后你们要在哪儿洗澡了。"妈妈只说了这一句话。

安吉丽娜从床底拿出布娃娃,把她藏进碗橱。她担心布娃娃也会被那些法西斯用尖锐的钉子刺破。

奶奶也坐立不安。她从桌子边起身,走到水池边,很快又回来坐下,把手从嘴边移到额头,接着又移回嘴边。自从爷爷去世以来,她一直在流泪,为爷爷而哭,为战争中的父亲而哭,为其他灾祸而哭,至于是什么灾难,只有老天才知道。奶奶的眼睛红通通的,嘴唇颤抖着。然后,突然间,她又恢复了力量,停在房间中央,右脚迈向前打着节拍,愤懑难平地诅咒这个世界以及另一个世界。"来把我带走吧。"我听到她说,"让死神带着镰刀① 来把我带走吧。"她挑衅地在半空中挥舞起拳头。

法西斯分子进来了,我们所有人都僵直地立在厨房桌前,一动不动,如同一群受刑者,马上要被就地正法。在这群人当中,我认出了现代广场那栋建筑物的负责人,那栋楼坐落在我家街道的尽头,警报声响起的时候,镇上所有人都会去那里避难。他站在大门前,让我们一次只进一个人。他是个好人,我和安吉丽娜经过他旁边时,他会轻轻抚摸我们的脑袋,朝我们打招呼。他的一只眼是斜眼,不知道什么原因,一条腿也残废了。因此,他没有离开这里去参战。此时此刻

---

① 镰刀是死亡的象征。

见到他，让我安心了许多。我想，不会发生什么坏事的，因为他是个好人。

锤子砸向我们用来洗澡的大桶，巨大的响声吓得我们跳了起来。安吉丽娜把脸埋在妈妈的双腿之间，开始抽泣。我握紧拳头，脸绷得紧紧的，这种紧张感和我每次不舒服时的感觉一模一样。我感觉到自己的脸颊蜷成一团，抽搐着，但却没有流出一滴眼泪。我已经学会控制自己的身体了，我们每个人都会，只是自己还没有发觉。

如果爷爷还在，他一定会诅咒这些恶魔，多年前他就是这么做的，至少在奶奶口中是这样的：当时，法西斯发起了一场收集结婚戒指的运动，用毫无价值的铁环来做交换，阿曼多爷爷就把结婚戒指藏在了用来倒便盆的树桩里。"让他们到粪里去找我的结婚戒指吧。"他说。

法西斯分子砸完了花瓶、桶、锅，又让妈妈检查屋子里还有没有别的东西。大楼负责人似乎不甚满意，失望地盯着妈妈。妈妈双手抱着妹妹的脸，一言未发。阿孙塔奶奶也不再骂骂咧咧，只是止不住地哭泣。

"好啦，阿孙塔大婶。"大楼负责人安慰奶奶，"说到底都是因为打仗。这些只是物件而已，值不了几个钱，但却能帮到士兵，帮国家赢得战争，这也是在帮您的儿子啊。"

奶奶不再流泪，开始大声抽泣。她断断续续地哭着，每次哭不出眼泪的时候，就会探寻内心更深处的裂口，让悲伤汹涌而出。

其他法西斯分子还在搜寻抽屉与橱柜，大楼负责人尴尬地挠了挠头，出去抽了支烟。

我们一动不动，这时，我们听到大楼负责人开始和某个人低声交谈。他的言辞里尽是"是的先生""很抱歉""当然了""遵命"。

几分钟后，和大楼负责人谈话的那个人出现在了门口。首先映入我眼帘的是他的鞋尖，锃亮锃亮的羊皮鞋。我并不懂鞋子，但却知道那是小山羊皮做成的，因为每次爸爸在镇子上看到那些体面的先生，就会朝他们经过的路上吐口水，爸爸每次说的话几乎一模一样："呸，如果可以的话，我真想吐在他们的小羊皮鞋子上。"

不一会儿，我就认出来者是皮尔逊男爵，他年纪与我父亲相仿，优雅得体，高级皮鞋散发出刚刚抹过鞋油的气味，深色外套衬得肤色细腻而红润。他把头发朝后梳，打上发蜡，露出了宽阔的额头。最让我印象深刻的是他棕色的双眼，清澈透亮，似有微波荡漾。他的眉毛上方有两条深深的沟壑，似乎是被刀刻出来的。在我看来，他的眼神和我从前经常在爸爸脸上看到的一模一样。

他摘下帽子，放在椅子把手上，那些法西斯分子立刻停止了动作。他们把打开的抽屉关好，把碗盆收回了橱柜。

我了解关于他的一切，通过爸爸和爷爷奶奶的讲述，我记住了他生平的每一处细节。他的名字像一阵狂风一样席卷大街小巷。我知道他住在圣栎树林之外，我和安吉丽娜小时候曾经去过那里寻找女巫和精灵。在我们镇子里，大人们会给一些地方涂上传奇的色彩，其中之一就是皮尔逊男爵的农庄。此外还有女巫的房子和卡尔多塔。要想走到这些地方，需要穿过长满橄榄树和仙人掌的山丘，经过牧羊人和他的绵羊，踏过因干涸而裂开的红色土地，然后迷失在岩石和夹竹桃灌木丛之间。

爷爷和父亲都讨厌皮尔逊男爵，奶奶也一样讨厌他。我不明白他有什么让人嫌恶的。他不似接生婆的丈夫那样让我害怕，也不像女巫那样用咖啡渣占卜。他不像镇子里那些男男女女似的到处转悠，四处宣扬强盗和女巫的可怕故事。那些长满皱纹的老巫婆和生活在树林里的神奇动物，在孩子们的梦境中活了过来：狼人、在黑漆漆的房间里晃荡的大猩猩、长着狮子头的狗，以及啃咬熟睡之人双脚的巨鼠。皮尔逊男爵似乎来自另一个世界，一个与我们平行，永远不会与我们这些外人的命运相交的世界。我们的世界充满了丑陋，而他的世界却很美丽。他总是穿着得体，散发出来自远方的、陌生的香气。每每谈起他，奶奶就会说："哎，好啦好啦。"奶奶劝人谨慎行事，避免危险的时候，都会说这句话。她小心翼翼地观察着皮尔逊男爵，在她眼中，他就是那个危险。然而那一刻，他在我眼中只是一个英俊的男人，举止慵懒，嘴唇像女子一样丰满，眉毛又细又弯。

"早上好。"他绽放出一个灿烂的微笑。

我看到他的嘴里有一颗金牙闪闪发光，这是我从未见过的。奶奶斜眼盯着妈妈，刚刚的混乱之中，安吉丽娜一直没有把脸从妈妈的双腿间移开，这时倒也转过头来："我认识他，他是男爵。"她高兴地说。只有她因为见到皮尔逊男爵而兴高采烈。

"这些人不会再在这里砸东西了。"他平静地说。

大楼负责人从门口朝里探了探脑袋，其余人朝他鞠躬致意，旋即转身离开了我们的家。

"快招待招待男爵。"奶奶说。妈妈立马走到水池边，取来了镶金边的精致酒杯，倒上奶奶亲手酿制的月桂酒。

"你们不必担心，我只是路过，就来帮帮你们。"男爵从椅子上拿起帽子，说道，"家里只有四个女人，经历这些并不容易。"他垂下眼，视线与我和安吉丽娜交错。

妈妈手里端着杯子，转过身来。她苍白而又瘦弱，头发脏兮兮的。自从父亲参战后，她就不再拾掇自己了。她把几缕头发别到耳后，从头到脚打量了自己一番。她不喜欢自己的模样，表情看上去有些沮丧。我也停下来，看了看她苍白的胸部，没有血色的嘴唇，塞在旧木屐里的双脚。这是妈妈为了在战争中保全自己而采取的防御措施：掩盖美丽，从而免受关注。这样在穿过街道时，她就能像幽灵一样不被人发现，就像家里的仙女，尽管美丽不可方物，却是隐形的。

男爵轻轻点头示意，什么也没说便离开了，留下一丝余香，在屋子里久久不散。安吉丽娜循着这丝香气，在厨房里，在橱柜和桌子间的光晕下旋转着，仿佛可以触摸到这气味似的。她举起布娃娃，这样，娃娃软绵绵的身体也能沉浸在男爵充满异国情调的香气中了。

安吉丽娜已经忘记了法西斯分子的事儿，忘记了他们的锤子和钉子。她灰蓝色的眼睛又开始闪耀起来，再没有不久前流泪的迹象。她被美丽所吸引了，从那以后，她便一直在追逐美丽。是美让她从我们生活的黑白世界里脱离出来，赋予了她色彩。

阿孙塔奶奶跺着脚，拉回了我们的思绪。

"呸！"她一边朝地上吐口水，一边喊道，"最好拖个地，男爵走过的地方都烂透了，都有毒！"

然后她又开始在房间里走来走去，诅咒战争，诅咒统治者，甚至诅咒上帝。

5

走在科佩蒂诺的街道上，妈妈告诉我们，爸爸在战争中正完成一件件不可思议的壮举。敌人是多么野蛮，待征服的土地是多么肥沃，他将见到许多新的地方，等回来的时候会一一为我们描绘。和往常一样，这些事情又刺痛了妈妈的眼睛，她的泪水涌了出来，流了好一会儿。但很快，她便整理好心情，只去想那些轻松的事情，假装满不在乎的模样。

"那他也会飞吗？他也在我们头顶上那些飞机里头吗？"安吉丽娜问。

妈妈闭上眼睛，叹了口气。她停下脚步，理了一下衣服，其实衣服一点儿也没皱。她又整了整头发，然后望向我们的眼睛。先是我，因为我年纪更大，然后是安吉丽娜。后来我才明白，有时现实实在太过苦涩，黑暗如同黑色的斗篷笼罩着房屋的墙壁，遮蔽未来日子的希望与曙光，那么在讲述的时候，就需要一些想象力来帮忙了。镇子里所有的女人都是这么做的。女人的秘密和小谎言口耳相传，渐渐走了样，就这样拯救了我们孩子的幻想。

"安吉丽娜，你知道当你坐在飞机里时，风是什么样的吗？"妈妈开始讲道，似乎她真的很懂飞机似的，"风密密地吹在你的脸上，就像小溪边的水滴。地面看起来如同一床彩色的棉被，科佩蒂诺的土地就像一块块奇形怪状的手帕，房子成了一个个小点儿……"

妈妈一边说一边不停地比画着。然后，泪水掺杂着叹息与话语，再次悄然而至。那些温暖而熟悉的词句，为我们孩子创造出了一个简单而熟悉的世界，让我们得以徜徉其中。

然后，妈妈假装什么也没发生，开始列举她在市场摊位上看到的东西："这是沙拉，这些是蔬菜，还有圆面包。"她缓缓地、深深地吸了一口气，胸部微微颤抖。现实又回来了，但只对她一人残忍。

她数了数缝在裙子内侧口袋里的硬币。"一里拉，二里拉，三里拉。"她一个一个地数着，安吉丽娜若是打断她，她就会生气。她揪住自己的头发，忍住怒火，然后整理一下衣服，重新开始数数。

我很擅长算术，也许这就是我的特长吧，我握住妈妈的手，让她捏紧拳头，把硬币攥在手里，然后再次掰开她的手掌，和她一起数数。妈妈恍惚地看着我，她仍然希望相信，一切都如同她的故事那样，现实和梦境可以混合在一起，就像手中的纸牌一样来回切换。

"一里拉，二里拉，三里拉。"我和她一起数。

"一里拉，二里拉，三里拉……"

妈妈实在是太美了。她盯着硬币，专心致志地计算，表情若有所思。她的眼睛乌黑乌黑的，头上飘着几根银发。

她从一个长着怪鼻子、身上散发出酸味的胖女人那里买了沙丁鱼。在这片贫瘠的土地上，她的双眼如天空般湛蓝，像宝石一样闪耀，美艳极了。胖女人恶狠狠地盯着妈妈，但妈妈并未理会。鱼贩子穿着一件白衬衫，套着棕灰色外套，袖口沾满鲜血，呈现出一种奇特的橙色。她捡好沙丁鱼，双臂交叉着，开始用一种近乎挑衅的表情打量母亲。然后她的视线停留在母亲的领口，那里，母亲丰满的胸部呼之欲出。她把鱼从秤上移开，交到母亲手里，然后把她肥硕的身躯的重心移到了另一条腿上。

我们朝路上遇到的女人匆匆挥手致意,加紧步伐走回了家。科马尔·伦齐亚正在收衣服,胳膊上堆满了大大小小的床单、餐布、围裙、手帕和内衣,她的腰边挂着一大串钥匙,叮当作响。西米鲁塔胳膊靠在椅背上,叉开双腿坐着咀嚼羽扇豆和干鹰嘴豆,仿佛坐在观众席前排,观看面前街道上的表演。无论春夏秋冬,她都坐在家门前的稻草椅上度日,即便天气恶劣,北风呼啸也如此。

晚上,我们坐在餐桌前吃沙丁鱼。我不喜欢沙丁鱼,闻起来有股烂草的味道,但我还是装作很喜欢吃的样子,只是为了取悦喜欢它的人。

妈妈沉默不语,看上去有些累了。安吉丽娜一直在说话,她翻搅着盘子里的食物,她也不喜欢沙丁鱼。

"妈妈,你还好吗?"我问她。

这时候,阿孙塔奶奶来了,带来了爸爸从前线寄来的信。我们还在市场的时候,信就送过来了。

"快读读,快读读。"奶奶对妈妈说,她说这封信是新的邮递员送来的,那人留着邓南遮式的胡子。

但妈妈却没有照做,她不认字,无法胜任这件事。妈妈的眼睛像鱼鳞一样闪闪发光。

"你是姐姐,特蕾莎。"她对我说,"你来读。"

阿孙塔奶奶看着我,似乎想要探究我的想法,她小而明亮的眼睛仿佛在对我说："别结巴，特蕾莎，好好读。"

我双手紧紧抓住信，走到窗边。太阳已经消失在万家屋顶之后，只余钟塔背面一束交错的光线。在日落前的最后一刻，教堂留下了片刻美丽的橘红。

"好好读，特蕾莎，一字一句地读。"

一字一句地读，这句话像刀刃一样刻进我的脑海。慢慢来，我做了个深呼吸。慢慢来。我的声音堵在了喉咙里。我希望这一切快点过去，希望词句不要在我的牙齿间打结，找不到说出口的力量。我想隐身，想去找女巫，让她赐予我这个魔法。

妈妈忐忑不安，把信紧紧塞在我手中。安吉丽娜生气了，双臂交叉放在胸前，"她不行，她害怕，她不擅长讲话的。"她说。

这些话让我心中陡然升起一股戾气。她能说会道，可我却不是。她长相可人，可我也不是。那一瞬，我悲愤交加，对妹妹无比厌恶，不由得抬起了手。

信的开头是这样的："亲爱的妻子，我很好，希望你也好"，结尾则是："爱你，爱孩子们，我很快回来，来自一个忠诚的丈夫和父亲。"

一开始，我的声音还有些犹疑，但很快就变得坚定，仿佛有一股外部的力量，固定住了每一个字母。

阿孙塔奶奶用绣花手帕捂着眼睛离开了。而妈妈很快就恢复了过来，她手里拿着信，迫不及待地回到卧室，回味父亲说的话。

安吉丽娜安稳而规律地呼吸着，我看着她，无法入眠。和往常一样，她和我睡一张床，但不睡同一个方向。她的脚几乎要蹬到我的脸上，枕头上的黑色卷发一直拖到地面。

我缓缓起身，走向妈妈的房间，却没有勇气进去。我趴在门框边，透过门缝偷看妈妈。她坐在床头柜旁边的椅子上。四支蜡烛分布在床角，散发出朦胧的光晕，在墙上投射出骇人的网状阴影。妈妈赤身裸体，像蜡像一样纹丝不动。她的身体如同一个巨大的耳光，甩在我的脸上。她还是那么美，但时光这个骗人的魔法师，已经开始磨损她的容颜，这实在是太不公平了。她的双手垂在身侧，长满了皱纹与水泡。她的胸部也变得臃肿，如同一位肥胖的贵妇。我听见她深呼吸了十多次，把空气吸入肺部，然后缓缓排出。她起身时，我看到她大腿的线条依然优美，腹部柔软，私处乌黑。她转身照了照镜子，雪白的臀部在房间柔光的映衬下，如同两个皎洁的月亮。她的手指紧紧蜷缩在一起，似乎想要抓住什么。她垂下眼，盯着自己的拳头，这模样像极了她抓苍蝇的时候。她把苍蝇牢牢捏在手里，然后缓缓张开手掌，视线触碰到猎物便兴高采烈。然而此刻，妈妈看着自己粗糙的手，脸上写满了失望。

我感觉自己像犯了错似的，但又很无辜，如果可以的话，我多想走到她身边，紧紧地靠着她。我们母女俩就这样依偎着，如同战火纷飞中的爱人。

我喉头有些哽咽，回到床上看着安吉丽娜。屋外狂风呼啸，阿孙塔奶奶常常说，在这样的夜晚，风会发出魔鬼的叫喊，大家最好不要出门。我专心致志地听着风声，温暖的房子让我安全感十足。安吉丽娜恬静地睡着，鼻孔缓缓地一张一合。我对妹妹的感情很奇异，有时是爱，有时是恨。我长大了，这份恨意也增长了，如同焦油底物一样，沉淀在内心深处。爱意也是如此，似有千万个理由，又似乎毫无缘由。我试着寻求一个解释，但却只能告诉自己："因为是她，因为是我。"

"安吉丽娜，快醒醒。"

我忽然很想和她交谈，迫不及待地想要吐露一些知心话，这话只能和我的妹妹分享。

"安吉丽娜。"

"干吗？都夜里了，你不睡觉吗？"她困倦地问。

"你有没有想起过爸爸？"尽管我没有理由大半夜叫醒她问这些，或者说理由是有的，只是我将它藏了起来，连我自己都不知道，但我还是问了，"你有没有想起过前线的爸爸？"

皮尔逊男爵走进了我家。我应该讨厌他，恶心他，也许还应该朝着他那双小山羊皮鞋留下的足印吐满口水。然而，我对他的感觉完全相反。那天晚上，我不停地想起爸爸破旧的衣服，想起他用袜子包住的摇摇欲坠的裤子，想起他书信里的语法错误，还有长满老茧的手。

安吉丽娜揉了揉眼睛，长长地打了个哈欠，然后才回答我。

"有啊，我想过。"她说。但这个答案对我来说远远不够。

"那你还能清晰地记起他的脸吗？很清晰吗？"

她点了点头，但不一会儿，她的脑袋转向了右侧，又转向了左侧，推翻了之前的结论。她像个调皮的小男孩一样咂了咂舌头，然后给出了否定的答案。

"前天晚上我做了一个梦。"我继续说，"我看到爸爸和其他士兵在一起，身上穿着满是泥泞和破洞的制服。"

"他在梦里干什么了？"

"他在挖一个洞，然后把战友的步枪一把接一把地扔进去。"

"然后呢？"

安吉丽娜睁大了双眼。我的梦境和关于爸爸的话题引起了她的好奇心。

"然后他自己也扑进去了。俄罗斯人的坦克从远方驶来。"

"你怎么知道坦克是俄国人的？"

"你还记得我们在电影院里看过的电影吗？"

我们去小礼拜堂看过两次电影《光明》，政府播放这部电影来歌颂我们的士兵。然而，上一次看完之后，妈妈就再也不去看了。战斗的场面令她焦躁不安，她仿佛预见到了父亲最糟糕的情况。

安吉丽娜再次咂了咂舌。

"俄罗斯的坦克上都有一颗红星，我梦里那些坦克也有。"

"那你觉得这是什么意思呢？俄罗斯人很坏吗？"

"我不知道，安吉丽娜。我也不太记得清爸爸的脸了，可是在梦里却很清晰。"

我沉默了，狂风呼呼作响，从窗户缝里窜了进来，从门下的缝隙潜了进来，让我颤抖起来。

"特蕾莎。"安吉丽娜突然对我说，"你害怕爸爸死掉吗？"

"你怎么问我这个？你知不知道小孩子是不能讨论死亡的。"

"可是大人都会死，爷爷也死了。你也说你看见爸爸在挖坑。也许他就是在为那些已经不在这个世上的人挖坟墓。"

"我们不应该想这些事情，这是只有大人才能考虑的东西。"

那一刻，我对妹妹的爱意胜过了恨。我想，我把她叫醒，用我的焦虑来吓唬她，这实在是太不应该了。

"安吉丽娜，听我说，你记不记得妈妈的神秘盒子了？"

"这和妈有什么关系？"

神秘盒子是我父母卧室里的秘密家具。我们两个小孩绝对不能打开，或是偷看里面的内容。妈妈总是对我们说，如果我们胆敢这么做，就会发生可怕的事情，打开它比打破镜子还糟，比触碰或饮用泡过死蟾蜍肿胀腐烂尸体的池塘水还糟。

我向安吉丽娜坦白道："我打开过它，也偷看了里面的东西。"

安吉丽娜用手捂住嘴，睁大了双眼。

"里面根本没有什么不好的东西，安吉丽娜，只有几张爸爸签过名的纸片和一个装项链的小匣子。"

"那之后有没有发生什么可怕的事情？"

我摇了摇头。

"什么也没有。你看吧，我们以为一件事不好，但相反，事实并非如此。也许我们以为战争很丑陋，人们在那里战斗，不断有人死亡。但其实不是的，就像妈妈的秘密盒子一样。"

安吉丽娜对我的回答感到满意。她把被单裹在身上，缩成一团。

这时，关于秘密盒子的回忆又闯入了我的脑海。金子、签名纸，所有已故亲人的照片。尤其是还有一些我从未见过的面孔，他们穿着光鲜的衣服，站在路基或广场上强颜欢笑，定格在了画面中，一串串脸孔显得抽象而虚幻。这些我并没有向妹妹提起。我试着将图像从脑海中驱赶出去，躲进被子，两手放在双腿之间，躺了下来。

"特蕾莎？"

"怎么了。"

"男爵真英俊啊，对吧？"

我闭上了眼睛，回想他修长的身材和无可挑剔的衣裳，也想起了他光滑的羊皮鞋。

"是啊，安吉丽娜，他是很英俊。"

6

第二天早上，妈妈穿了一件束胸的浅色连衣裙。她在嘴上抹了一点橄榄油，仔细梳理了头发。我想我知道是什么让她那天早上那个模样，是爱。她细细地打理发髻，拍打衣服的面料，没人知道她这一生穿过几次这件衣服，只有重要场合才能看见它的身影。她帮安吉丽娜固定头上的蝴蝶结，用指腹揉搓两腮，想让苍白的脸颊显得生动红润。爱是坚硬的盔甲，支撑着她在做这些事情的时候，手腕稳稳当当。

在那天早上之前，我一直不知道皮尔逊男爵的庄园是什么样子。尽管我在路上遇见过他，他甚至来过我家，尽管大人们口中有关他的故事已经无比详细，他对我来说仍然是个陌生人。我知道他是个鳏夫，有两个孩子，一个男孩和一个女孩。我远远地瞧过他们的屋子，白粉相间，好像糖果纸的颜色。我想象着，这房子吃起来一定很软，是美食中最鲜嫩多汁的部分。那不是一座真正的房子。墙是假的，人是假的，一切都是假的。

我们的小镇被圈在两片马蹄形的乡村之间，散发着肥料、瘦弱牲口的味道，以及日夜劳作的乡巴佬的气味。若说我小时候有什么美好的幻想，那么映入我脑海的就是皮尔逊男爵的庄园了。我闭上眼睛，仿佛可以品尝到那座玩具屋似的，那是棉花糖的味道。

我们缓缓走在科佩蒂诺的街道上。我牵着妈妈的右手，安吉丽娜牵着她的左手。街道边的房屋紧紧挨在一起，生石灰浇筑在砖墙上，屋顶有天窗，但却没有活动遮板，没有门和小窗。我们难为情似的低下头，穿过历史中心，经过格罗泰拉神殿，约瑟曾多次在这里修行，最终才成为圣人。妈妈松开我们的手，画了好几次十字。我和安吉丽娜也学着她的模样比画。距离小镇愈发遥远，可以感觉到，在自然与人类的居所之间，尚有一方广阔的空间。小镇中心已经被我们甩在身后，道路在橄榄树林和几株葡萄藤处戛然而止。更远的地方，地平线那边，竖起了新公墓的围墙。阳光把田野晕成黄色，我们穿行其间。我的目光停留在了雾气凝成的小水滴上，它们悬挂在草尖上、橄榄树粗糙的树枝上，以及劈开薄云的光束之中，如萤火虫般摇摇欲坠，让我眼花缭乱。其他地方的景象则有些索然无味。有几个颤颤巍巍的老人在十字路口不断点头致意。田地的隐蔽处，一堆垃圾靠着石灰墙摆放，把墙壁污染得奇丑无比。还有几个农民佝偻着背，面朝黄土捡拾树杈。我不由开始怀疑，美丽是不是已经抛弃了这个世界。或者换句话说，也许一开始美是存在的，只是时间、衰老、贫穷和邪恶一点点腐蚀了它。这就是为什么美丽和丑陋总是共存，要么彼此依偎，要么相互包含，如同新酒中的浮渣。

一路上，妈妈都在强颜欢笑。她什么也没说，把心事藏在心底，只是时不时地松开我们的手，用手掌捂住眼睛，似乎想要擦干泪水，好让它们不流出来。

皮尔逊庄园终于映入眼帘，妈妈背倚着石灰墙，长长地叹了口气。那是一个炎热的早晨，乡野之间一片死寂，熏蒸的暑气笼罩万物，如同尸体上的厚布。安吉丽娜和我呆站着，屏住呼吸，一动不动。我们都很害怕。榆树的阴影中传来一只蟾蜍的声音，它的叫声富有节奏，仿佛低声的啜泣，温柔悦耳，又好似破裂的气泡，发出清脆的响声。

"我喘口气就走。"妈妈仿佛受到蟾蜍声的提醒，感觉到自己应该说些什么。

等到她缓过气来，我们重又牵住了她的手。在那个地方，我们觉得自己是外来人，需要她的庇护。我们就这样穿过通往农场的大道。我和安吉丽娜朝四处骨碌碌转着眼睛，欣赏鹅卵石路边的树木。樱花惹来了黄蜂和蜜蜂，它们飞来飞去，穿行在花丛中，叮咬花萼，然后再次飞走。庄园的大门离我们越来越近，妈妈握着我们的手越来越用力，她的叹息也越来越沉重。我在心里默数着，每走一步，她就叹一口气，富有节奏，没有一点偏差。

一个干干瘦瘦、长满皱纹的女人来给我们开了门。她长了一双斗鸡眼，帽子束得紧紧的，一绺浅色的头发从里面掉了出来。她打量着我们，先是妈妈，然后是我，最后是安吉丽娜。

"你们有什么事吗？"她沉声问。

她大概是从我们的脸上看到了我们穷困潦倒的日子，以及每个吃炖卷心菜的夜晚。我们的衣裳打满补丁，妈妈的裙子和我的岁数一样大。或许她看到了更多，她盯着我们的眼睛，看到了乌烟瘴气、臭味熏天的房间，看到了破旧的窗帘，还有阿孙塔奶奶扭曲的脸，家里没有东西可以吃了，她和妈妈只能靠萝卜叶充饥。她看到了一块块掉落的灰泥，墙壁上的蜘蛛网，短缺的木头，我们冷得瑟瑟发抖，脚都冻僵了。这个老太婆，像镇子里的女巫一样敏锐，她看穿了一切，看到了我们的现在和过去。

"我找男爵。"妈妈竭力掩饰住自己的惶恐，说道。

"您是？"

"您可以告诉他我是纳尔多·索祖的妻子。"

女仆安顿我们坐下，然后沿着楼梯，迈着轻快细碎的步伐走远了。楼梯的尽头有一座圣约瑟的雕像端坐在座位上。大厅里的家具琳琅满目，种类繁多，有描绘狩猎场景的图画，有精雕细琢的墨水瓶，每一把扶手椅上都配了四对靠垫。这里有许多百叶窗，然而，这些窗户都虚掩着，屋内半明半暗，这让我很惊异。如果我们家也有这么多窗户，我一定把它们全部敞开，让光线充斥整个房间。

这时，我们看到男爵一步一步走下了台阶。我仔细看着他，他应该比我父亲年长，但相貌依然俊美，四肢修长，衣服下的肌肉线条完美。安吉丽娜说得对，皮尔逊男爵的确很英俊。

妈妈猛地站了起来，清了清嗓子。在我眼里她一直是个坚强的女人，但那一刻我却觉得，她就像我的布娃娃妮妮塔一样，如果揉搓她，折磨她，她就会变得皱巴巴的，左右摇摆。

那时候我还无法想象，男爵与他的棉花糖之家，还有他的孩子，会彻底改变我们的生活。在七月那个骄阳似火的日子里，我只知道我的母亲见到他时，第一次羞红了脸。尽管她已经习惯了他轻浮的眼神，他夸张而傲慢的鞠躬，她也习惯了在他眼里看到贪欲、渴望、力量，然而在那里，在他的地盘，她脆弱得不堪一击。

我盯着男爵光滑的双手，这双手没有劳作的痕迹，是真正属于绅士的手，我永远也不会忘记。

男爵向我们走近，鞠了一躬。妈妈再次脸红了，她强颜欢笑，但一看就知道是装出来的。

"我有幸为您做些什么呢？"他问，好像在他的屋子里站着一个农村妇女，是一种荣耀。

"男爵先生，我想和您谈谈。"妈妈的目光移向了我们。

"塞西拉。"男爵拍了拍手，斗鸡眼女仆立马冲了过来。他吩咐女仆道，"带孩子们去花园看看。"

妈妈看着我，眼中饱含羞愧，她美丽而丰盈的唇瓣微微蹙起，强行挤出了一个微笑。

"别胡闹，特蕾莎。看看你妹妹，她已经高高兴兴地准备去花园玩了。"

为什么胡闹的总是我？我有些无地自容。就这样，我们跟着那个讨厌的妇人走进了一片郁郁葱葱的花园，穿行在树木的枝丫间。安吉丽娜兴奋得四处乱跳。

"快过来，特蕾莎，来看看这儿有多美。这简直就是公主的家呀，等我长大了也要住这样的房子。"

女仆冷冷地看着安吉丽娜，缓缓露出了讥讽的笑容。她的眼神让我毛骨悚然，我的肌肤一阵刺痛，不由得战栗起来。

"那是死神和你擦肩而过。"每次我有这种感觉，阿孙塔奶奶总是这么说。

我扭转身体，盯向自己的肩膀……

7

几周后，镇子上开始举办节庆活动，纪念敬爱的守护神约瑟·达·科佩蒂诺，信徒们曾经七十多次看到这位圣人从地面升起，悬浮在半空之中，因此，他被奉为飞行员和空乘者的守护神。那几天，女人们里里外外打扫房屋，清理床垫的羊毛，她们缝制彩色的棉被用来装点阳台，还会准备甜点。阿孙塔奶奶曾经教过我如何制作这种甜点，把鹰嘴豆、面粉、水和糖放在沸水中烹煮，面糊开始和锅壁分离时，就把火灭掉，把面糊放在木制的糕点板上冷却。面糊会凝结成淡黄色的块状物，镇子上的面包师傅把它放在火里慢慢地烘烤，就能烤出手掌大小的曲奇点心来。

节日第二晚，游行队伍在小镇的街道上穿行，耶利米神父在队伍前列吟诵着赞美诗。神父体态丰腴、大腹便便，饥饿与辛劳并没有对他造成太大的影响。椴树淡色透明的花朵装点着广场，不时落在他光秃秃的头上。修会的长老们正用胳膊奋力抬起沉甸甸的金色圣像，镇上的女人穿着黑色衣服，头戴蕾丝面纱，跟在他们后面。而病弱者则从自家的窗口向圣人致敬。他们朝队伍抛撒玫瑰花瓣，在胸口比画十字。

阿孙塔奶奶的表情有些不知所措。她走在我们身边，一言不发，艰难地和路边的老妪打招呼。她们蹲在自家门口的台阶上，售卖献给圣人的玫瑰花苞。奶奶经过她们身边，双手交叠，紧紧贴着身体，神情有些恼怒。

沿着道路，我瞥见了西米鲁塔，她身形瘦小，裹着披肩，鬼鬼祟祟地沿着墙壁前行，几乎没有一点动静，她走到奶奶和妈妈身边，斜眼瞪着他们，猛然开始她毫无意义的诅咒。她年纪大了，但眼神依然显得年轻，这是属于少女的眼睛，却长在她皱巴巴的脸上。妈妈避开她的视线，调转目光，盯住自己的鞋尖。

阿孙塔奶奶伸出一只手，让她闭嘴。奶奶的眼睛仿佛印度邦主一般炽热，燃烧着熊熊烈火。

我们跟在一列人数不多的队伍后面，耶利米神父时不时发出一声"阿门"，我们便一齐合唱回应他。广场中央布置成精美的圆圈，管乐声与鼓声迎接着圣人的到来。忽然，一阵充满香气的风袭来，在女人、老人和雕像周围盘旋，散发出鹰爪豆、牛至和野锦葵的芬芳。妈妈停下脚步和广场上的女人打招呼，但那些人只是心不在焉地应付她，表情恶狠狠的。一个怀抱婴儿的女人吸引了我和安吉丽娜的注意，她的胸部躲藏在蕾丝花边的披肩里，婴儿懒洋洋地吮吸着母亲的乳房，小小的鼻孔一张一合，节奏规律而缓慢。

"这小孩真可爱，特蕾莎，看起来像个洋娃娃。"安吉丽娜轻声对我说。

"我们走吧。"阿孙塔奶奶转向妈妈，"你看看，那些女人都不搭理你。"

我停下脚步，凝视我们的母亲，端详她的眼睛、头发、下巴的弧线、黑色长裙勾勒出的曼妙身姿。她不再因为孤独而憔悴，再次变得容光焕发。我们稍稍避开人群，我注意到，那些贪婪的女人对妈妈议论纷纷。不怀好意的叽喳声，如同孩子间悄悄流传的小秘密一般，沿着小巷蔓延开来。

阿孙塔奶奶朝母亲怒目而视，"瞧瞧你都干了什么好事！瞧见了吗？你就一点也不知道羞耻吗？"也许奶奶明白母亲的羞耻究竟是什么。

羞耻和流言一样，无处不在。它刺穿你的皮肤，给你留下伤口，这些伤口如同暴风雨后的蜗牛，时不时便会浮现出来。

妈妈看着我们，没有回答奶奶的话。她手里拎着小提包，紧贴在胸前，继续朝圣人的方向前行，然后又折返回来，走到我和安吉丽娜身边。她想说些什么，但话语却堵在了喉边，她只得抬起手，捋了捋妹妹黑色柔韧的卷发和我白葡萄般发黄细软的头发，然后一只手紧紧拥抱住我们。那一刻我突然感觉到，在闲言碎语、秘密和羞耻组成的无形恶意之中，依然藏着属于一位母亲的宁静与不平凡，藏着她面对一切的答案。在无数个可能的动作中，她选择了最温柔，但却最必要的那个，来解释她的难言之隐。

那个怀抱婴儿的女人向我们走近。

"别听她们的。"她对妈妈说，"都是些蛇蝎。"她把视线移到我们身后，那里，数十双眼睛正在阴影之中窥视着我们。

阿孙塔奶奶一遍又一遍比画着十字。

"等我儿子回来，一切都会回到正轨，一切都会好起来的。"她凝视着圣人，低声私语，仿佛正与圣人亲密交谈。

在房子石灰墙壁的阴影处，我认出了西米鲁塔。她悄悄向前走着，活像移动的盘子底部的鸡蛋清。等到靠近我们，她便露出了脸，伸长脖子，这让她的头看起来更大了，与身体其余部分完全不成比例，好似一颗悬挂在树枝上的鸡蛋。"起风了。"她先看看我们，又看看天，低声说道，"我乱说的。"然后又一次消失在了房屋的阴影之中。

几秒钟之前，天空中飞过了一队银色飞机。

"是我们的人。"一位老人喃喃地说。

"不，是敌人的。"

几秒钟之后，警报开始响起。

"太晚了！"女人们叫喊道，"这警报响得也太晚了！"

老人们抬着圣像奔向教堂，耶利米神父提起长袍，催促修会的信徒加快步伐。女人们纷纷抓紧自家孩子，我和安吉丽娜也拽住了妈妈的衣服，阿孙塔奶奶迅速跟紧我们。道路瞬间哀声四溢，载满了流言、胡言乱语、妻子的喧闹。西米鲁塔感知到了风，就像动物能够察觉暴风雨或地震的到来一样。她处在生物最基本的阶段，所以可以看到事物最底层的根源。

我们终于到达了家门口那条路，大楼负责人守在门口。

"快点，快点，我们要关门了。"

阿孙塔奶奶抚着胸口，一喘气她的心脏就会不舒服。我转过身，那个抱着婴儿的女人去哪儿了？那一刻在我眼中，只有她是最需要拯救的，她那么美好，那么纯净。可我没有看到她，我泪流满面。

"快过来，特蕾莎。"安吉丽娜呼唤我。

我们走下狭窄残破的楼梯，尿液和潮湿的气味充斥着鼻孔。每下一级台阶，周遭的空气就变得更冷一些，渗入骨髓。下面，黑暗的地下室内，有一个女人在歌唱："我们想要他①，我要告诉您，我们想要他，最英俊的他，若要问我在唱什么歌，我们想念他。"

阿孙塔奶奶轻声抽泣。

"我也想要我的儿子，我的儿子也是最英俊的。"她应和着歌声，喃喃说道。

接生婆的丈夫马格吉亚图就在我们面前。镇子里的人都说他是个共产党员。

"是谁把你们的孩子送去了战场？是你们自己啊。"

大楼负责人示意他保持安静，飞机在我们头顶嗡嗡作响，我们随时有被轰炸的危险，现在可不是说这种话的时候。

"哦，不，我可闭不了嘴。是你们想要的领袖，你们所有人都爱戴他。每次听到他在广播里讲话，你们就会大喊：'领袖啊领袖，给我们带来光。'看吧，这就是他给你们带来的光，就是这地下室闻起来像粪便一样的烛光。"

"你闭嘴，你这个共产党。"刚才唱歌的女人怒斥道。

"战争面前，每个人都是一样的。"母亲的声音有些悲伤。

"哟。"女人反击道，"瞧你说的，你和我们可不一样。这个共产

___

① 指墨索里尼。

党员和我们也不一样。"

"够了，"奶奶喊道，"你们就不能想想那些远方的人，想想那些真正在战场上的人吗？我的儿子在那里，你的儿子也在那里，还有你们其他人的儿子、丈夫、兄弟。你们应该感到羞耻。"奶奶面朝坐在应急长凳上的那些女人，她们的双手紧贴腹部，在黑暗中双眼迷离。

"特蕾莎，羞耻是什么意思啊？"安吉丽娜用手掩住嘴，低声问我。

我思索了一会儿，然后凑到她的耳边："好比一只鹿在搏斗中失去了鹿角。"

"鹿？"

"是啊，安吉丽娜。鹿会被击败，从那一刻起，每个人都会知道它是弱者，它输了战斗。"

"这跟人有什么关系？"

"安吉丽娜，羞耻就是因为失去了某样东西，却再也找不回来了。所有人都会明白，都能看到，感觉到。"

警报声停止了。我们艰难地起身，小心不碰到其他人，然后每个人都慢慢地走回家。天很黑，但有一轮圆月，月光皎洁，仿佛聚集了所有的光亮，多面镜似的反射出成倍的光线。我和安吉丽娜沿着小巷，观察幽暗的窗户和用来挂衣服的金属丝，它们在阴影中闪闪发光。

所有人都本能地轻声交谈。我们孩子，甚至接生婆的共产党员丈夫也压低了声音，仿佛敌人的耳朵都在暗中潜伏，偷听我们讲话。夜色中只闻蟋蟀的叫声，还有人们渐次合上家门的声响。

我们回到家，妈妈打开了灯。阿孙塔奶奶在门口看着我们，踟蹰了好一会儿，"我可以和你们一起睡吗？"她突然问，"在家里，我又孤单又害怕。"

妈妈点点头，但那天晚上她们彼此之间再没说过话。我们所有人都睡在大床上，妈妈和奶奶睡在两边，我和安吉丽娜睡在中间。这一次我们睡觉的方向是一致的，她卷曲的黑发拂过我的鼻子和下巴，在我的颈窝上缠成一团。

在这短暂的片刻里，我们周围形成了一方安全却又脆弱的世界。我们是四个孤独的女人。安吉丽娜扬起头对我微笑，灯光照亮了她的皮肤，映衬出陶瓷般的色泽，一颗小小的痣点缀在她的脸颊上。

"安吉丽娜，你真漂亮。"我叹了口气。

妈妈转过身来，拥抱我们。

"我的乖女儿，你们俩都很漂亮，漂亮极了。"

"孩子们，看看月亮吧。"阿孙塔奶奶起身打开百叶窗，轻声说道，"你们要知道，无论你们的父亲身在何方，他看到的月亮和我们看到的总是同一轮。"

我努力想象着，父亲这一刻在哪个陌生的地方呢。他看不到我们这里白日时的天空，橙色与紫色相间，仿佛孩童用铅笔绘制而成。他看不到这里的葡萄园，园子里满是粗糙的树干，互相纠缠。他也看不到这里的田野，小麦在春天变成绿色，在夏天变成黄色；红色的土地上，农民日复一日地挥舞锄头，庄稼的残茬像火一样燃烧。父亲的世界离我们太遥远了，我问自己，他回来的时候，我还能不能认出他来呢。

8

"你怎么了，特蕾莎？"妈妈问我。

妈妈正盯着自己映在玻璃碗橱上的倒影，她身材瘦弱，喇叭形的新衣裳让她显得愈发纤细，一丝不苟的发髻垂在脸颊两边。父亲也曾对着同一块碗橱玻璃照过镜子。那是在他离家参战的那一天。"该死的战争。"他这么说，因为他坚信真正的战争应该在家里，与厄运斗争，与饥饿、寒冷、疾病、身心的伤痕斗争。

"你怎么了，特蕾莎？"妈妈问我，但我没有回答。

妈妈俯下身来抚摸我脖子后面的头发，试图与我交谈，但却是徒劳。她的嘴唇像鱼嘴一样，眼神中离开的迫切让她的眼睛变得丑陋，她似乎也不再那么光彩照人了。也许在那一刻，她想告诉我一切，也许我所担忧的事情在沉默中成了现实。只要我闭上眼睛，就能看到她站在皮尔逊的庄园里里，魁梧的男爵站在她面前张开怀抱，向她展示自己的宅邸有多么庞大。

"别胡闹，特蕾莎，妈妈很快回来。"羞耻让我感到浑身无力。

妈妈每周都会出去一次，穿着她的新衣裳。

"如果奶奶来，就告诉她我马上回来。"这是妈妈对我唯一的叮嘱。

妈妈出门的时候，我就留下来照顾安吉丽娜。我们坐在地板上，一起玩布娃娃。一天早晨，安吉丽娜脱去衣裳，全身赤裸地站在镜子前。"特蕾莎，你看，我开始发育了。"她用手摆弄着自己的胸部，高兴地说道，"你呢，特蕾莎，你发育了吗？"

"一点点。"我羞愧地说。

"让我看看吧，来嘛，特蕾莎，我想知道等我到你这个年纪的时候会长成什么样。"

于是，在分隔了卧室与厨房的帘幔后面，在爸爸用来欣赏自己的戎装，妈妈每一周都面对的镜子前，我撩起衣服，向妹妹展示了我的胸部，我的脸颊羞愧得火烧火燎。那一刻我明白了，安吉丽娜对我来说就是一个讨债鬼。

"很漂亮，是吧，特蕾莎？和妈妈的一样漂亮。"

"不……不要说……说这些东……东西……"

我深呼吸了十几次，将空气吸入肺部，然后慢慢把它呼出。真希望能有种技术让我放松下来，不再口吃。

安吉丽娜笑了，她提着裙子在房间里蹦蹦跳跳，"特蕾莎结巴了，特蕾莎结巴了！"她一边笑，一边重复。

我放下衣服去追她。她从地板上抓起布娃娃，和娃娃一起旋转。

"妮妮塔，你也听到了吗？我姐姐都这么大了，还不会说话。"

她一会儿躲到床下，一会儿又躲到帘子后面。我也不知道如果我抓住她，能拿她怎么办，只希望一碰到她，就能让她消停下来。爱与恨交织在一起，我看着她的眼睛、头发、下巴的弧线、窈窕的身材、细长的双腿，她的身体似乎也是我的，我觉得她是属于我的，一根纤弱但坚不可摧的细线绑住了我们，我真的做不到去恨她。

忽然，我感觉到有温暖的液体打湿了我的内裤，一股细流沿着我的大腿流了下来。我面对着镜子，鲜血染透了白色棉布，缓缓滴在皮肤上。安吉丽娜停了下来，抿着嘴，皱着眉，紧紧盯住我，表情专心致志。片刻之后，她把妮妮塔扔在地上，跑过来拥抱住我。她的头刚及我的脖子，她蜷缩在我的怀里，紧紧抱着我，黑色卷发贴在我的脸颊上、嘴唇上。

"对不起，特蕾莎，我错了。我太坏了，你在流血呢，你可别死呀，特蕾莎，别死呀。"

这时，妈妈回来了。通常，她都会火急火燎地脱下衣服，洗干净挂在杨梅树的树枝上晾晒。然后她会把食物放在桌子上，顾不上看我们一眼。自从妈妈拥有了这件漂亮的新衣服，她就经常带回来新鲜的鸡蛋、肉，还有柔软得可以用手指碾碎的黄油。妈妈恢复了原来的体重，脸色也红润了起来，这让她显得更加光彩照人。洗完澡后，她就跑去拿她和爸爸的结婚照。她紧紧抱着相片，发出长长的叹息，然后喊我们吃饭。那段时间，我们吃的东西比科佩蒂诺土地上所有的东西都值钱。

但是那天，她手里的大包小包都掉了下来。她把门反锁，那一刻，这栋破旧的小屋子似乎只属于我们。战争、炸弹、饥饿，还有那个爱抚她，让她觉得自己比科佩蒂诺所有的妓女都要肮脏的男爵，这些污秽不堪的东西，全都被她的母爱彻底融化了，抹去了。

"我的小女孩，我的小女孩长大了。"妈妈抱着我说。

"妈妈，她不会死吧？"安吉丽娜抽噎着问。

"不会，她不会死的，小宝贝。相反，她会变得很漂亮，变成整个科佩蒂诺最漂亮的姑娘。"

那一刻，一位母亲和两个女儿，三个女人拥抱在一起，向炸弹、战争、饥饿、身心的死亡发起了挑战。我从未感觉到母亲如此脆弱，我也从未如此爱过她。

妈妈找来一块亚麻手帕，放在了碗橱的抽屉里。

"乖女儿，这是我为你们准备的。我的母亲是怎么替我做的，我也怎么替你们做。孩子们，这就是生活，生活总会继续，未来总有希望。"

妈妈烧了一盆水，把我洗得干干净净。安吉丽娜在屋子的角落里观看着这一古老而传统的仪式。妈妈一边擦拭我的腿，一边慢悠悠地哼唱歌谣。她轻轻吐出一连串词语，那是过去的语言，不是我所熟悉的方言。安吉丽娜手里抓着妮妮塔，一动不动地看着我们。

"看，多美呀，妮妮塔。看看我姐姐，她会成为科佩蒂诺最漂亮的女孩。"安吉丽娜也轻声说道。

妈妈让我站起身来，擦干我的身体，然后把亚麻手帕垫在了我的内裤上。我照了照镜子，臀部圆润，双乳精致，及肩的头发轻盈而光滑。照镜子似乎能给我带来愉悦，我的腹部一阵奇异的酥麻，腹股沟涌过一股暖流，剧烈的疼痛迫使我弯曲了膝盖。这疼痛从远方而来，一直蔓延到腰部，然后又消失不见了。

"你爸爸以前经常对我说，所有人的人生中都会有一段季节。在他小的时候，他的爷爷尼古拉就是这么教他的。"

"妈妈，给我讲讲吧，爸爸的爷爷是怎么说的。"

我们缩在床垫上，母亲在中间，我、安吉丽娜和妮妮塔都躺在她的臂弯里。"想听你们父亲小时候的故事吗？"

我们点点头，安吉丽娜压了压妮妮塔的脑袋。

"闭上眼睛吧，这样可以更好地想象。故事从星星开始……你们的爸爸小时候特别喜欢躺在草地上望天。尼古拉爷爷把他带到了科佩蒂诺的田野上，去寻找蜥蜴和蝴蝶。"

"我也喜欢捉蝴蝶。"安吉丽娜插话道。

"嘘，别打断妈妈。"

"后来他们累了，就坐在草地上吃面包和奶酪。尼古拉爷爷非常爱你们的父亲。"

"阿曼多爷爷也爱我们，不是吗？"

我和安吉丽娜睁开了双眼，安吉丽娜左右摇晃着妮妮塔。

"把眼睛闭上，孩子们，这样我才好继续给你们讲别的。"

安吉丽娜把布娃娃放在腿中间，紧紧闭上了眼睛。

"他们一边吃东西，一边望着星空，还有远处小镇的灯光。'所有人都有季节。'尼古拉爷爷说，'万物都有它们的季节，属于果实的季节、播种的季节，好的季节、坏的季节，生的季节、死的季节。'孩子们，你们明白这是什么意思吗？"

我们重新睁开眼睛，面面相觑。

"妈妈，你想说什么？"安吉丽娜在床上晃了晃，问道。

"生命中每件事都有属于它的时间，尽管现在我们感到悲伤和孤独，但这不是永恒的。生命里有好的季节，也有坏的季节，有白色，也有黑色。"

当她说这些话时，我看到她的眼神变得忧郁起来。她紧紧拥抱我们，亲吻我们的额头和头发。她吻了好多次，然后说："总有一天我也会带你们去看星星。我们躺在草地上，尽情欣赏。知道吗，我们所能够看到的天空中的星星，其实已经消逝很长时间了。"

"好可惜。"我说。

"不可惜,这是极致美丽。它们都消逝那么久了,我们却依然能够在这里欣赏它们的美。"

"这是奇迹,妈妈。"

"是啊,特蕾莎,是奇迹。"

我和安吉丽娜枕着她的胸膛,呼吸一致。

"现在睡觉吧,一切都会好起来的。"

就这样,我在心里想象着,这一切都会如同破损的布娃娃一般,可以缝补、拼凑、愈合。

9

后来的几个月里,前线传来了越来越多可怖的消息,小镇里其他女人来访的次数也随之增加。从某种意义上说,这场战争创造了奇迹。一段时间以来,没有人再因为我的母亲而感到羞耻,小镇上的女人在孤独的命运中紧紧团结在了一起。

街头巷尾混乱的嘈杂变成了低低的耳语声。年老的小贩窃窃私语,母亲们交头接耳,还有那些为前线死去的男友而心碎的女孩。没有人愿意谈论死者,失去生命的人理应得到尊重,对他们品头论足会玷污他们，让忍耐显得更为苦涩。那是一日日、一月月、一年年的等待。只要我们团结在一起，就没有人能够伤害我们。

就这样，每天下午四点开始，一帮家庭主妇就会带着自己的手工活儿，聚集在我家。我们围成一圈，坐在门口的稻草椅上。妮妮娜婶婶也来了，她身材臃肿，肚子大得如同小船的龙骨。还有她的女儿洛丽娜，她用钩针编织毛毯、孩子穿的羊毛衫，以及五颜六色的拖鞋。妮妮娜婶婶特别喜欢缝制花边，她心灵手巧，一边说着话，一会儿就能熟练地编出蜘蛛网似的花式来。邻居朱丽叶和女巫也会加入我们这一群亲戚，她们不擅女工，但会带些蚕豆、干鹰嘴豆来吃。她们坐在窗户玻璃后面打发时间，开着玩笑，添油加醋地讲述从其他女人那里听来的故事，每次都是不同的版本。大家逐渐形成了一个小团体。有时候妮妮娜婶婶会抱怨坐骨神经疼痛，阿孙塔奶奶便会回答："我也这样。"

接着，每个人都开始抱怨起长期以来折磨自己的，这里那里的老毛病。

妮妮娜婶婶也开始讲起了强盗的故事，他们有的来自遥远的乡野，有的来自多尼亚山脉，每到夜晚，他们就会恐吓农民，抢劫食物和女人。政权溃散，法律失灵，战争一片混乱，社会动荡不安，他们便乘虚而入。他们习惯了在树林里睡觉，从地上撕下杂草和树根充饥。和卡尔多塔那伙强盗一样，他们衣衫褴褛，披着黑色斗篷，隐没在夜色之中。这当中有几个最为臭名昭著的团伙：炸弹帮、白眼帮、破衣帮。老人说，他们都是恶棍，偶然从地狱里逃了出来，集结在一起，带走几个虔诚的基督徒。每当他们出现在小镇上，妈妈便会用厨房的桌子抵住大门，闩好窗户，夜夜祈祷这伙暴徒再也不要露面。

"他们来自永恒痛苦的国度。"女巫说。

"从地狱来吗？"我问过她一次。

"不，小特蕾莎，永恒痛苦的国度是属于我们的。在那里，孩子们因饥饿而死去，或者像士兵一样被杀死在坟墓中。在那里，男人从早到晚弯腰干活，只是为了填满男爵那种人的口袋。你看看男爵……他是这一切的主人，他散发着薰衣草的香气，外表干净整洁，其实内里早已发臭了，流着腐烂的血。"

我用力咽了咽口水，在我和安吉丽娜眼中，男爵如此英俊，可奶奶却常说，他美好的外表下隐藏着丑陋，就像披着美女外皮的魔鬼。

有时候，女巫会观察咖啡杯的杯底占卜。为了营造出凄怆的气氛，她会把百叶窗关上，只留一束微弱的光线穿透虚掩的门窗。大家靠在桌边，双手合十等待着，静物般一动不动。女巫理了理脑袋上的黑色头巾，抬头凝视着天花板。

"快说，快说。"妮妮娜婶婶催促道，她从来都没有耐心。

她的女儿凝视着她。我们都知道，洛丽娜唯一的愿望就是寻个好归宿，但现如今，身体健康的男子都在参战，这事儿就变得复杂了。

洛丽娜已经快到那个被人指指点点嫁不出去的年龄。

"我看到了一个个子很高的男人。"有一天,女巫说,"身体强壮,眼睛大大的。"

妮妮娜婶婶坐在椅子上,兴高采烈,肥胖的屁股从一边挪到另一边。

"我就知道洛丽娜一定会很幸运的。"

女巫把杯子放在桌上,看着我们所有人。她瞳孔幽深,令人不寒而栗。

"是啊,但现在还不是时候。"她从椅子上站起来,说道。

"继续,继续说。"妮妮娜婶婶穷追不舍。

"有些东西还是留在杯底更好些。"女巫总结说。

但妮妮塔婶婶一直在追问,洛丽娜和接生婆朱丽叶塔也不断催促。就连阿孙塔奶奶也站出来主持公道,说她不能不一五一十地告诉我们洛丽娜的命运,让我们如坐针毡。

"是你们想知道的。"女巫扬起下巴,显得有些懊悔,"黑色,那个健壮的大眼睛男人,从头到脚都是黑色的。"

妮妮娜婶婶比画了好几个十字,然后瞟了女儿一眼,洛丽娜立马垂下了目光。

那段日子里,经常可以看到各种肤色的美国士兵穿过小镇,他们有些人长着库尔人的眼睛,还有一些人长着东方人的眼睛。他们在街上一边分发巧克力，一边叹气。姑娘们含情脉脉地看着这些士兵，士兵便亲吻她们，爱抚她们。

"咖啡渣有时候也没那么准。"女巫拿起桌上的杯子，补充说。

女人们面面相觑了几秒钟，然后朱丽叶塔转向了阿孙塔奶奶，习惯性地问道："纳尔多怎么样了？"阿孙塔奶奶突然绷紧了脸，一言不发。她像个演员似的，假装心不在焉，等着别人继续追问。

"阿孙塔……说啊，怎么样了？"

阿孙塔奶奶深深地叹了口气，开始收拾盛麦穗的篮子。她的双手皱巴巴的，仿佛枯萎的树枝。她干着活，不去看其他女人，因为她知道，一旦看见她们脸上的表情，她就会流泪。

妈妈站起身，从柜子里拿出了旧铁皮盒。她翻出一封爸爸寄来的信，展开信纸交给了我。女人们都在等待。我站了起来，手里紧紧抓着信纸。我深深地呼吸，一直默数到十，然后才开始念起信来。一字一句，就像他们教我的那样。

10

后来，一天晚上，发生了一件我们永远不会忘记的事情，这件事也许你们无法理解，也根本不想理解。我，安吉丽娜和妈妈一起躺在床上，忽然，大门被人一脚踹开了。我们惊醒过来，睡眼依然蒙眬。刚开始，只是有两个黑影在厨房偷偷徘徊，然后我们便听到了用来分隔房间的帘幔被扯开的声音。蜡烛已经快燃尽了，光线无比微弱，我们根本看不清那两人的脸。

"你们想干什么？"妈妈大喊，"为什么闯入我家？"

我惊恐地盯着其中一个强盗的脸，一看就是来自多尼亚山脉的"破衣帮"。破衣帮其实只是一个传说，并不一定真实存在。我思索着这个词语的含义，和那些有关古代强盗的传说一样，这个名号遍布小巷和乡村。叫他们"破衣帮"，是因为这群人从小穷困潦倒，衣不蔽体，只能把破烂的毯子缠在身上，遮挡自己的胸部和私处。他们当中，就连女子也不会有任何慈悲之心。那些女人都是些贪婪而下流的荡妇，她们提起短裙，勾引团伙里的男人，把他们永远囚禁在肮脏而温暖的天堂里。他们生活在树林里、田地间，吃野兔和老鼠，抢劫农民。

"闭上眼睛。"妈妈说，"孩子们，把眼睛闭上。"

我听话地闭上了眼睛，但不一会儿又忍不住睁开了。那两个人当中的矮个子突然大笑起来，笑声尖锐刺耳，如同锋利的刀片互相摩擦。安吉丽娜号啕大哭，我也哭了起来，但声音很小。

"我们什么吃的也没有，求你们不要伤害孩子。"妈妈低声恳求，她的声音很微弱，仿佛肺里的空气都被抽空了。

稍胖点的那个男人穿着脏兮兮的裤子，他从皮套里拔出一把刀挂在了腰上。

"求你们了。"妈妈哀求道。

"别担心，我们不饿。"胖子说。

他的声音嘶哑而低沉，仿佛野生动物的叫声。他拿着刀逼近了妈妈。

"闭上眼睛。"妈妈泪流满面地喊道。

强盗揪住妈妈的头发，一边放肆地狂笑，一边割她的辫子。现在他的脸离我们很近了，他面目狰狞，眼睛很小，鼻子肥硕，上面满是脓疱，耳朵很大，长满了绒毛。在"破衣帮"里，母亲和儿子，兄弟和姐妹乱伦，所以新生儿的相貌都奇形怪状、残缺不全。在他们长大成人的过程中，一些特征会消失不见，只保留下最必要的部分。

"敬爱的主啊，您若在天有灵……"妈妈开始祈祷，"特蕾莎，带上你妹妹。"妈妈又说，"特蕾莎，带着你妹妹去屋子那边，把帘子拉好，闭上眼睛，捂住耳朵。"

安吉丽娜默默地跟着我走到厨房，在桌子下面缩成一团，她尽可能地蜷缩起身体，如同一只不想被驱逐的小动物。我闭上眼睛，抱住了她，试图不去听屋子另一端传来的声音。

思绪飘回几年前的一个春天，我、安吉丽娜，还有镇子上几个喜欢装大人的男孩在树林里玩耍。其中一个男孩捉住了一只甲虫，用绳子绑住了虫子的一条腿。他在孩子们的笑声中转来转去，小虫子其余的细腿在空中蹬来蹬去。

"你要试试吗？来吧。"他讥笑着对我说。

不远处，另外两个男孩击落了树上的鸟巢，里面都是羽翼未丰的小鸟，长着黄色的、巨大的鸟喙。小鸟哀鸣，而他们却哈哈大笑。

"今晚我们点个漂亮的篝火，把它们烤着吃掉。"

那些鸟儿如此幼小，它们啼哭着，安吉丽娜也哭了。我怒火中烧，如果我有勇气的话，一定会揍那群小混混一顿，救下小鸟。

"蠢蛋。"他们对我们说，"你们就是蠢蛋。你们不愿意的话，不吃就行了，不过是几只鸟而已。"

我想，那一刻的我们就如同那几只没有羽毛的小鸟。我们只是肉体而已，是供人蹂躏的肉体。我也开始祈祷，希望这样就听不到屋子另一端传来的令人不寒而栗的喘息声，以及妈妈强忍着不愿让我们听到的抽泣声。

那群恶徒终于停止了对妈妈的暴行，他们扯开帘子，从桌子上取来苹果咬了一口，另一只手蹭了蹭裤子，然后离开了。

妈妈浑身颤抖着从床上爬了起来，去拿法西斯分子没有掠走的大桶，盛满她白天用水壶在喷泉边接的水。她时不时抬头看看我们，嘴唇轻启又合上，终究什么也没说。没有安慰我们的话，也没有告诉我们一切都好。她蜷缩在大桶里，什么也不做。我和安吉丽娜从桌子底下爬了出来，靠近妈妈。我们手牵着手，不敢离开彼此。厨房的那一夜仿佛是我们人生的缩影，我们都是地狱里的幸存者，经受了非人的暴虐。

"都是因为战争。"这是她说出口的唯一一句话。

妈妈在镜子前凝滞了好一会儿，我和安吉丽娜一动不动地看着她。我在她的眼里看到了一种原始而天真的神情，如同一只小动物，等待着有人施以援手，等待着她的救世主。她抬起不断颤抖的右手，举到面前，用另一只手紧紧握住，好让它停止痉挛。然后，她转向我们，目光游移而迷离。她的目光落在我身上，我感觉到了她的失魂落魄。我永远不会忘记这样的目光，似乎就在那一瞬间，只有在那一瞬间，她才意识到那天晚上到底发生了什么。而从那时起，一切都不一样了。

"孩子们，把衣服穿好。"妈妈说。她的声音仿佛从地下传来。

她仔细地束好黑色长衫，帮我们也穿好了衣服。这一切她都做得小心翼翼，仿佛要去参加周日弥撒似的。我们走出家门，已是破晓时分了。我看着沿途经过的房屋，看着它们狭小的门窗和没有天窗的屋顶，突然觉得它们再也不是以前的模样。我们朝着小镇中心走去，先是一段短短的上坡路，然后一直笔直朝前，直到房屋开始变得密密麻麻，巨大而光滑的石板上，圆圆的鹅卵石好似发芽的无花果树枝般破土而出。

我们一直走到教堂才停了下来，母亲跪在圣母雕像前比画十字。

她盯着圣母的脸庞，不断祷告。

我也注视着圣母，祈祷爸爸能活着回来，祈祷战争结束。也许妈妈是对的，是战争改变了人们。我想知道，这一切还能变回以前的样子吗，我们还能拥有幸福的权利吗。

假如生活压垮了你，你依然可以恢复如初。皮肤可以再生，伤口能够愈合，痛苦也不会再被忆起，回忆只成了一种警告。

外面狂风呼啸，天气热得令人窒息。我们一出去就闻到了尿液的气味、被遗弃在路边的动物尸体腐烂的气味，掺杂着新鲜出炉的面包香味。我紧紧抓着妈妈的手，像弹簧娃娃一样走着，希望这份力量可以消除那份磐石般沉甸甸压在我胸口的疼痛。

那是一九四三年年底。街上混杂着美国人闪闪发光的制服、老年妇女的长裙和孩童穿的短裤。

一个浑身黝黑的士兵递给我们两根巧克力棒。

"拿着吧，孩子们，拿着。"妈妈对我们说。

我和安吉丽娜狼吞虎咽地咬了一口。

"妈妈，你吃。"我们把巧克力递给妈妈。

妈妈缓缓地咀嚼着巧克力，她的身体似乎连最简单的动作都不记得了。

士兵微笑着朝我们眨了眨眼。他的牙齿又大又白，尽管脸是黑色的，但长相俊美，皮肤像洋娃娃一般光滑。他弯下腰，双手撑在膝盖上，环顾四周。他盯着这片小小的白区^①，女人们如同黑点一样在路上移动着，手里提着篮子，膝盖上挂着拖鼻涕的小孩子。

他叹了口气，再次看向我们，"祝你们好运。"他突然说。"祝你们好运"，他用意大利语重复了一遍，口音很是怪异。

安吉丽娜试图模仿士兵滑稽的发音，开怀大笑。

"祝你们好运。"他又说了一次，然后继续向前走去。

11

日子越来越拮据，房屋的墙壁不断剥落，寒气也渐渐起来了。镇子上的人都有些晕头转向，农民们根本区分不出到底哪一拨士兵才是我们的人。马格吉亚图对所有人说，他的战友迟早会送法西斯分子回老家。天上时不时会掉下锡纸碎片来，我们孩子误以为是上帝的礼物。然而几个经验老到的农民后来解释说，这些碎片的轮廓与航行中的飞机相同，只是用来消遣的。果然如奶奶所说：丑陋都隐藏在美丽之中。

一天早晨，我、安吉丽娜和妈妈在市场摊位附近转悠。自从那噩梦般的一夜过后，妈妈就变得寡言少语，只有必要时才会说话。尽管

---

① 白区是指意大利天主教与天主教民主党势力大的地区。

她就在我们身边，却似乎距离我们遥不可及，我和安吉丽娜已经习惯了这种状态。妈妈沿着墙壁走在街上，双眼盯着地面，仿佛无论走到哪里，都有一个幽灵阴魂不散地追赶着她。有好几次，她还会和这个幽灵说话，"你是个十恶不赦的人。"她对着镜子说。

我不知道她到底是在和幽灵说话，还是和自己说话。现在想来，也许幽灵就在她的身体里吧。

市场上的商品供不应求，所幸农民会贩卖乡下带来的时令蔬菜，不然我们所有人都会饿死。我和安吉丽娜在卖橄榄和核桃的摊子间歪歪扭扭地走来走去，妈妈小心翼翼地跟在我们后面。前面不远处，有几个女人在贝佩先生的柜台前聊天，贝佩先生开了一家杂货店，出售香料、咖啡、砂糖和糖果。踏进店铺的门槛，就仿佛走进了一位年老外科医生的家，处处散发着肉桂与精油的味道。贝佩先生的女儿和我一样大，长得瘦小而干瘪，她总是凶恶地瞪着我和安吉丽娜，这让我很厌烦，也很难受。那天，她和父亲一起出现在市场，坐在长凳上，双手托腮。在装满各种口味、各种颜色香料的玻璃瓶前，女人们围成一个半圆，环绕着接生婆。在接生婆身上完全看不到战争带来的苦难，她的胸部和肚子都又大又柔软，形成了两块巨大的山包。

"来，快过来，卡特琳，你也来听听。"她伸出手招呼妈妈。

接生婆不会知道，母亲的生命里渗入了怎样一段可怖的时光，她对一切充满怨恨，却要携着一身虚假的灵魂继续苟且。泡在牛奶里的面包、炖卷心菜、阿孙塔奶奶从乡下带来的羊肠煎饼，菜肴里汤汁越来越多，蔬菜越来越少。阿孙塔奶奶每个月宰杀一只黄色羽毛的小公鸡。还有那些个夜晚，妈妈如同幽灵般从床上爬起，打开神秘盒子。我窥视着妈妈，胸中注满沉重的焦虑。她双手捧着故去的家人的照片，凝视着他们。她把照片放回盒子，然后重新拿出来。接生婆不会知道，一天晚上，妈妈去厨房取出了奶奶平常用来宰鸡杀鱼的大剪刀，放在了神秘盒子上面。她从盒子里拿出一张照片，把它剪得稀碎，碎片全都掉在了地上。我不知道她到底在向哪张照片宣泄怨气，但我一直觉得是她自己的照片。妈妈最恨的是自己。我只知道，那之后她打扫了地板，把其他东西收回秘密盒子，躺回到床上。她蜷缩在角落里，保持着同一个姿势一动不动，仿佛镶嵌在教堂与她身体契合的壁龛之中。如果我知道该怎么做的话，我一定会上前拥抱她，然而那时候，我还不明白什么是爱。我缩在床上自己的那一边，安吉丽娜在床中央呼呼大睡，我们俩也待在属于自己的壁龛里，仿佛搁浅一般。

接生婆的声音愈发坚定，妈妈朝她走了过去。

"买点肥皂草和甘草根吧，索祖女士，拿点吧。"贝佩先生举起瓶瓶罐罐向母亲展示，但母亲摆了摆手表示拒绝。

在开始讲述之前，接生婆朝着四周环顾了一圈。农民大声吆喝，催促女人们赶紧散开，接生婆不耐烦地挤了挤眼睛，然后瞪了一眼正在高声夸耀自己这种或那种香料多么珍贵的贝佩先生。

贝佩立马乖乖闭嘴，他瘦小的女儿也凑了过来，"滚开。"她粗暴地呵斥安吉丽娜，但我的妹妹丝毫未动。她们俩像两只猫一样对峙着，胡须绷得紧紧的，时刻准备抓伤对方。

"所以，你决定了没？"一名妇女忍不住问道。接生婆这才清了清嗓子，让所有人都凑近她，因为这四周都是耳目。

"前天晚上，我去给一个女人接生。"接生婆开始讲道，"一个不错的女人，住在帕皮宫大门那条巷子里。"

一名妇女示意她无须赘述不必要的细节，谁知接生婆讲起故事来，实在是太啰唆了。

"总之，长话短说，那可怜的女人阵痛了一整夜，还没有决定好到底要不要把孩子生出来。看着她浑身流汗，气喘吁吁，我真想知道她的丈夫在哪儿。不过我还是知道廉耻的，不会去质问人家。我坐在椅子上，等待着老天做出选择，等着这个可怜的女人准备好把孩子带到这个世上。我接生也有好些年头了，我知道有时候事情到底该怎么办，老天会决定的。"

接生婆又扯远了，女人们立刻挥舞双手，让她不要离题。接生婆手舞足蹈，继续讲道："第二天早上，那个女人已经忘记了疼痛，她的家人也都到了，他们询问她丈夫的情况。这时候我就出面了，问能不能帮上什么忙。那些男人想要告诉我点什么，于是他们把我拉到一边，告诉我，孩子的父亲因为一首歌被杀了。"

"因为一首歌？"贝佩先生问道。他已经放下了那些瓶瓶罐罐，看来还是接生婆的故事更有趣些。

"好像有一首歌在乡下广为流传，'我们的领袖不知道该怎么做，屋子里的亡灵他无动于衷，他不在乎，他不在乎。'总之，内容就是不要听信墨索里尼，明白吗？反抗领袖！反抗执政者！我的天啊。"接生婆一边感叹，一边画着十字。

"但是这首歌和那个男人有什么关系？"商人问。

"当然有关系了，他在田地里唱这首歌的时候，皮尔逊男爵的家丁听见了，报告给了男爵，他可是法西斯的好朋友啊。"接生婆凑近大家，声音尽可能压到最低。

我和安吉丽娜面面相觑，然后把视线转向了妈妈，她正冷静地聆听接生婆高谈阔论。男爵可是把我们从法西斯手中救出来的好人，可现在他们却说他是法西斯的好朋友。这些大人都在撒谎，我想，他们根本不了解男爵。

"事情是这样的，这个可怜的小伙子还没干完活儿呢，就被男爵那帮爪牙暴打了一顿。他们警告他，如果他再唱这种反法西斯歌曲，就会朝他开枪。作为惩罚，男爵克扣了他两个月的工钱。'再有下次就把你的舌头割下来喂狗。'其中一个家丁对他说，那个家丁对着他吐了一口口水，然后把半死不活、满身伤痛的他扔在了田里，就是这样。"接生婆左右摇晃着脑袋，总结道。

"男爵实在是太坏了。"接生婆拍着胸脯，低声说道。

"可怜的小伙子，不管是去参战还是留在乡下，走到哪儿都要受难。"商人感叹。

安吉丽娜凑在耳边对我说："我不信，我觉得接生婆的故事都是编的。"

我耸了耸肩，那个农民的挑衅让我感到不寒而栗。

晚上回到家，我问妈妈是否相信这一切。因为害怕隔墙有耳，我问得很小声。妈妈肯定十分了解男爵，她为了他打扮自己，男爵还会送给她各种好吃的。我相信，妈妈一定会替他说话的。

妈妈弯下腰来，抚摸我和安吉丽娜的头发。她注视着我们，然后扫视整个屋子。墙壁的墙皮都剥落了，水龙头上面生了铜锈，再也流不出一滴水。地板上满是破洞，蚂蚁在上面爬行，还有门口的旧簸箕，门边折断的扫帚柄。尽管男爵接济我们食物，但我们依然活得很窘迫。在我们家外面，周围所有人，都很窘迫。

"特蕾莎，你记好了。"妈妈重新看着我们，说道，"世界上有好人也有坏人。等到这场该死的战争结束以后，我们就会把男爵那种人送到另外一个世界。现在我们只需要祈祷你们的爸爸早日回家。祈祷吧，特蕾莎，一直祈祷下去。"

12

一天早晨,小巷里传来一阵口哨声,如同夜莺鸣啼,绵延而深沉。那是一九四五年十月,安吉丽娜在桌子底下玩布娃娃,妈妈和我在厨房窗户旁边缝制衣服。妈妈把布头放在膝盖上,期待着再次听到口哨声。四周一片寂静,时间仿佛短暂停滞了。我们差点以为刚才出现了幻听,紧接着,几秒过后,又是一声。

"孩子们,你们也听到了吧?"

我大吃一惊,这长长的口哨声对我来说如此熟悉。妈妈再次看向我们,她真的很想相信,那就是她丈夫的声音。

这样的场景她曾经想象过多少次呢?这段时间,她依然定期出门谋取食物,去公墓看望阿曼多爷爷,照顾母鸡和兔子,但她一直都活得好像另外一个人。

妈妈匆忙地奔向门口,什么也没说,我和安吉丽娜紧随其后,就这样看到了他:消瘦、干瘪、皮包骨头。尽管他看上去像另一个男人,但那就是他,是我们的父亲。我没有勇气跑过去拥抱他,他脏兮兮、臭烘烘的,衣服破破烂烂。他的皮肤很黑,仿佛被火烘烤过的皮革。

妈妈捧着他的脸,似有千言万语,但最终一句话也没说。她亲吻父亲的额头、脸颊、眼睑，但却没有亲吻他的嘴唇。那一瞬间，父亲好像成了儿子，而她是母亲。然后，她用力扶住父亲，支撑起他的身体，害怕他会跌倒。

"你走了多少路才回到家呀？我和女儿，我们一直在祈祷，祈祷你能回来，纳尔多，祈祷这该死的战争能够结束。"

"我走了好远，卡特琳，好远。"

父亲坐在厨房的桌子旁，摸着自己的膝盖和小腿。

"卡特琳，我是从德国回来的，我不知道一共有多远。"

"你没有算过吗，爸爸？"我怯生生地问。

我对这个男人一无所知。我只记得他明亮的眼睛，干净的胡须，记得他向后梳起油光锃亮的头发，露出宽阔的额头。他的裤脚总是很宽，吊在袜子边晃晃悠悠。现在他就在我面前，我却不知道他是谁。我想告诉他，我已经数到了第八百六十七天，但后来就没再数了，因为计算变得太困难，尽管与此同时，我的数学水平不断提高，安吉丽娜也越来越能说会道。

妈妈揽着我们的脑袋，紧紧抱住我们。我已经长大了，个头和她一般高，妹妹也只比我们矮上几厘米。我们三个女人抱头痛哭，那一瞬间，我们感觉自己如此渺小。父亲疲惫不堪、半死不活地出现在家门口，这对我们来说简直是奇迹。然而他就在那里，在我们身旁，他的归来意味着，一切都可以重新开始了。

爸爸开始谈论他这些年的生活，他像从前一样爱开玩笑，细细诉说自己如何忍饥挨饿，历尽艰难，土豆皮多么苦涩，手指捏起过多少个虱子。妈妈听着，笑着，尽管这内容并不好笑。我在她的眼里重新看到了光芒，她重生了，她又变回了自己。

"继续，纳尔迪，快讲。"她催促父亲。父亲讲得越来越多，声音渐渐恢复成了我们熟悉的语调。

妈妈在洗衣服的大桶里为父亲打好了洗澡水。他太瘦了，如果缩成一团，整个人都可以泡在桶里。我记得他以前很高大，很强壮，现在却瘦骨嶙峋。父亲脱衣服的时候，妈妈拉上了帘子。

父亲继续讲述，讲述他离开的同伴，还有已经返回家园的朋友。他的故事里没有枪林弹雨。这个男人似乎只是从一个被摧毁的地方逃了出来，他向母亲讲述他们多年前的诺言，讲述他们的爱情，虽然曾被阻隔，但现在又将重新开始。"我从未离开过，卡特琳，我一直与你同在。"

妈妈向父亲承诺，如今他回家了，再也不用忍受饥饿与寒冷。她看到爸爸的身体如同橄榄树干一样粗糙，那是一根坚硬的木头，扎根在长满石头的大地上。我也看到了，这就是我的爸爸。我和他长得很像，大大的手，干干的脚，眼睛相似，皮肤也相似。妈妈怜爱地擦拭他的背部，抚摸他的伤口，洗净他身上的血污，而我陷入了幻想。你是你，我是我，你是我的父亲，我是你的女儿。现在你回来了，这真是个奇迹。给我讲讲你的故事吧，我想听。我知道你从小就喜欢星星，我对你多么熟悉。

我专心致志地倾听父亲说话的声音，这声音仿佛从时间的另一端传来。我的心跳渐渐平缓，血液再次流过我的静脉，一切似乎都回到了原样。

他还活着，我也是。

风之花

1

昨晚我做了一个梦，梦里有一片开阔的田野，高高的草丛挠得我小腿发痒，夜露深重，蘸湿了大地与树木，我的脚底发冷，衣服也湿透了。我梦到清晨的露水像白色泡沫一样冉冉升起，模糊了万物的轮廓，改变了万物的形状。然后，梦中的画面仿佛被光芒吞噬的阴影，突然消失了，光线打破了梦境，我醒了。

"我在科佩蒂诺呢。"我闭上眼睛，喃喃自语。

我想象着草叶，想象着公墓大道两边一排排的杨树，蜻蜓扑闪着铁蓝色的翅膀，从我身旁一闪而过，蜜蜂栖息在安吉丽娜乌黑的头发上。梦境与现实的碎片交织在一起，混作冰冷、松垮的一团。

安吉丽娜，我默念着她的名字。

透过卧室浓重的烟味，我几乎嗅到了香气，那是田野里薰衣草的芬芳。

已经过去多少年了，安吉丽娜？我是多么爱你啊！如果小时候让镇上的女人来评价我们，那我一定是那个害羞、沉默、事不关己的旁观者。而你呢？你，安吉丽娜，你是太阳。

平日里，妈妈整理好厨房就会去洗手洗脸，她涂上面霜，抹上唇彩，接着开始梳头。她经常会套一件黑色的短披风，这样头发就不会沾到毛衣上。她对着镜子，从各个角度打量自己的发型。然后把所有的工具收在浴室柜子里，坐到门口，坐到窗前，等待。我一直觉得，在她心里，仍然希望能看见你从那条漆黑的小巷子里走出来。早一点也好，晚一点也好，这一生也好，下一世也好。妈妈陷入了一个黑洞之中，即便是女巫也无法把她解救出来。

妈妈，你还记得爸爸强迫你去女巫那里的事情吗？

爸爸让安吉丽娜留在阿孙塔奶奶身边，因为她还太小了，看不得一些巫术，但他需要我一同前去。

自从战后归来，他便爱上了妈妈的一切，爱她洁白无瑕的皮肤，金光闪闪的头发，水波盈盈的栗色眼睛。然而，妈妈不再是原来那个她了，她隐瞒了一个秘密，一想到这里，父亲便如坠地狱。

有时候，我会看到妈妈手里紧握着梳妆台上那张相片。她断断续续吐出几个简短的词语，仿佛那张合照可以说出她隐瞒的可怕事实。她把照片放回去，我看见她憔悴而疲惫地坐在床上，整理自己的卷发和内衣。有几次，在这毫无生机的画面里，爸爸也会闯进来，看见她半裸着坐在那里，为她着迷。父亲手臂上的肌肉微微颤抖，我看到了他眼中的贪恋和嘴唇的渴望。我深深呼吸，闻到了一阵香气。但随后，父亲仿佛被恶魔附身，他站在妈妈面前，紧紧抓住她的肩膀摇晃她。椅子、梳妆台、严丝合缝的瓷砖，挂在墙上的圣像，周围每一个东西似乎都失去了轮廓，我的视线也渐渐模糊了。

"卡特琳！卡特琳！"我听见他一遍又一遍地大喊，直到空气中盛满他的愤怒，他才松开了手。母亲的沉默又一次获得了胜利。我还是没有改掉暗中偷窥的习惯。只要我可以，就一直监视着母亲。我想知道她的弱点，她的隐私，我想感受到自己成为她的一部分。

女巫在门口等着我们，在她面前，妈妈满脸通红，似乎随时都能喷出火来。那是我第一次踏入女巫的家，和老人故事里的小精灵一样，她也住在树林里。我相信她用眼睛就可以把东西烧毁，她可以骑在扫帚上飞行，可以用目光吸走魂魄。女巫的房子是灰色的，很破旧，一间小庭院面朝树林，庭院右墙有一座滴水的小喷泉。再往那边是榅桲树丛，还有一方绿树成荫的角落，生长着绣球和荆棘。地面上的鸡粪和狗屎、剥落的墙壁显出一种悲伤和忧郁，让我有些不知所措。

女巫让我们进了门，有几分钟，她什么也不做，只是来回走动。尽管天很暖和，她还是烧了火。她把杯子放在水槽里，爸爸一喊她，她就摇头。

"女巫，我们要开始施法吗？"

巫婆的脑袋向右晃去。

"女巫？"

巫婆的脑袋向左晃去。

父亲取出公鸡和鸡蛋，那是请求巫婆帮忙的礼物。女巫还没有找到正确的方向，她似乎忘记了我们出现在那里的理由。我沉默不语，环顾四周。壁炉上方，烟灰熏黑了墙壁，地板有好几个地方都破损了。桌子上有一口破锅，入口的墙壁两边挂着簸箕和扫帚。女巫继续迈着神秘的步伐，我突然发现，她的一只眼是棕色的，另一只眼是绿色的。我见过她那么多次，却从未注意到这一点。这件奇事让我想入非非，她是一个女巫，来自另一个世界。她和恶魔一样，披着女人的外皮，其实却是印度邦主的模样，不，她本身就是恶魔。就这样，我开始数数。

一、二、三。

在计算的世界里，数字是连续的，没有什么可以越界，所有东西都有明确的轮廓。数字让我觉得安心。

一、二、三。

古旧的家具、被烟熏黑的厨房、桌子四周零星的椅子、地面上结块的污垢，这一切对我来说并不陌生。这里悲伤而寂寥，像老女巫一样糟糕，但它属于这个世界，属于我们的世界。

"你们随便坐。"女巫突然说，她的脑袋不再晃来晃去。

她从桌子抽屉里拿出一盒纸牌，凝视许久，然后把它贴近胸口。

妈妈忧心忡忡地看着她。

"选一张卡片。"她命令父亲。

她把纸牌摊在我们眼前，让爸爸触摸其中一张。

"确定吗？"

爸爸点了点头。

这时，女巫把纸牌全部翻转过来，放在了桌面上。这些牌与我以往见过的都不同，有一张上面倒挂着一个男人，手里拿着两个口袋，有一张上面是皇帝，有一张是一个披着红布的死人，还有一张是长犄角的恶魔，拥有男人的脸和女人的胸部。

妈妈惊恐地看着那些奇怪的符号，开始不断画着十字。

"别担心，卡特琳，卡片不会把你怎么样的，它只会说出真相。"

然而妈妈最害怕的，正是真相。

"你看，纳尔多，你选了隐士。"

女巫举起父亲选中的那张牌，展示给我们看。上面画着一个穿长袍的大胡子老人，提着灯笼照亮道路，拄着棍子前行。

"你在寻找智慧，纳尔多，你希望有人能照亮你的道路，你在追寻某种真相？"

爸爸盯着母亲的眼睛。

他正在寻找真相。自他从那场该死的战争中回来以后，为什么妻子的眼神不再是从前的模样了？

"是。"父亲的舌头抵着上颚，干巴巴地说道，"这就是我想要的，我想知道真相。"

"再选一张牌吧，再选一张。"

女巫把纸牌从桌子上收起来，重新打乱，让我帮忙切了一次牌，然后翻转过来，让父亲再抽一张。

我看着妈妈，她紧紧抿住嘴唇，美丽的双眼微微颤动。

"让我看看。"

一名裸体少女弯着腰，用两个罐子朝河里倒水。七颗闪闪发光的星星照亮了她的四周。

"这是星图，"巫婆钩起嘴角，浅浅微笑，"你能看出来吗？倒过来了。"

"意思是厄运吗？"父亲询问。

"厄运是你们的说法，你们总是把一切都想得很糟糕。"

接着，她在妈妈的额前画了一个十字："把衣服解开，卡特琳。"

"怎么了，女巫？"

"让小孩子把眼睛闭上，你把衣服扣子解开。"

在女巫的坚持下，母亲用力解开了衬衫的纽扣。我用一只手遮住自己的眼睛，但我已经习惯了偷窥，这次也不例外。爸爸看着他的妻子解开衣服，在巫婆面前露出雪白粉嫩的肌肤和饱满细腻的胸部。女巫也注视着妈妈，她绿色的眼睛闪烁着微光，先是灰色，尔后又变成蓝色，连带着她的脸都变得变幻莫测。一部分的我想要逃跑，另一部分的我却想坐在那张破旧的椅子上，凝视女巫的地狱之眼。也许她的眼睛可以看到母亲身上所有看不到的痕迹，看到男爵解开母亲衣服、抚摸母亲身体的双手，看到男爵呼吸她芬芳的模样。

"把衣服穿好吧。"女巫命令妈妈，她眼中的微光熄灭了，一副疲惫的神色。

"你的妻子是纯洁的，纳尔多。别害怕，没有什么隐藏的真相。"

妈妈跪在地上，亲吻自己的手指，然后放在女巫的脚踝上。她哭了，泪水落在巫婆的脚上。

"别哭了，卡特琳，你这样好像玛德琳一样。"巫婆轻声安慰，她俯下身，托住母亲的下巴，"玛德琳亲吻耶稣的双脚，流下的是血滴。血滴中长出了银莲花，那是风之花。因为鲜血之后就是生命，痛苦过后就有希望。放下痛苦，拾起希望吧，卡特琳。"

妈妈擦干眼泪，父亲挽住了她的手臂。女巫又一次洞悉了一切，就如从前预言罗丽娜未来的伴侣一般。

在这个世界和另一个世界之间，有一根丝线联系着。有时候，上面的那个世界会变得越来越薄，如同一张即将破裂的膜。还有些时候，下面的世界变得太过艰难，上面的世界就会伸出援手。这条丝线不断缩短，直至消失。

2

那是一九四九年的春末，妹妹还只有十六岁，但她就像童话故事里那些一夜之间长大的孩子一般，仅仅过了一个冬天，就实现了奇迹，长成了一个女人，一个温柔而热情、野性而娇媚的女人，容貌完美得无可挑剔。我也长成了女人，但却似乎活在她的阴影之中。放眼望去，阿尔诺的乡村繁花似锦，爸爸第一次允许我们进入建在房屋地下室里的舞厅，那是一次特别的机会，是洛丽娜的订婚派对。洛丽娜未来的丈夫会是一个年轻的黑人，这件事在我家并没有引起轰动。女巫到底是不是巫婆呢？一代又一代，她的家庭一直拥有这种天赋，或者说是诅咒。镇子上的老人说，女巫的祖母甚至曾经在梦中看到了自己的死亡。她清空衣橱，整理衣服，穿上她想在告别这个世界时穿的衣服，然后在主卧大床的四个角上点燃蜡烛，躺在她亲手缝制的最漂亮的被褥上。"过来和我作最后的道别吧。"她说，当天晚上她就去世了。

妮妮娜婶婶是唯一一个不相信女巫预言的人。而且，事情并非如那些女人所推断的那样，那个年轻人不是美国士兵，而是一个移民的儿子。那个移民携妻儿从梅里卡来到这里，他的妻子是黑人，孩子拥有光滑的天鹅绒般的皮肤，眼睛如同黑色的橄榄。

"从梅里卡来？"洛丽娜介绍自己的未婚夫时，妮妮娜婶婶大喊道，"什么梅里卡啊，我看是从非洲来的吧。"这个男孩取了爷爷的名字，叫文森佐，他的母亲唤他文森特。文森特长着一头茂密的卷发，鼻子又扁又大。

"你确定你喜欢他吗？"妮妮娜婶婶含泪问，她的声音从未如此温柔。

"是的，妈妈，我喜欢。"女儿的回答清晰而坚定。

人们总是恶毒地叫洛丽娜"老处女"，甚至诋毁说她会带来厄运，只要是接近她的男人都会倒霉，没有什么比这更让她痛苦的了。她长得并不丑，只是自孩提时代以来便一直厄运缠身。小时候，她得了一场严重的传染病，从那天起，她就不再是原来的她了。她的右腿健康结实，可是左腿停止了生长，如同娇弱的嫩芽，一阵微风就能把它吹断。就这样，今天生病，明天不生病，反反复复，但她还是活了下来，只是肩膀单薄，胸部发育不良，一条腿像干树枝一样，短小而干瘦。还好她那双大而甜美的眼睛拯救了她，还有她的笑声，大家都很喜欢她的笑声。她总是先缓缓地、低声地"吃吃"笑，如同夏季暴雨时最初几滴雨水，然后沸腾般爆发开来。

如今她就要结婚了，她也邀请了那些曾经诋毁过她的人参加订婚宴，甚至还邀请了用咖啡渣预言所有人生活的女巫。

黑人新郎露面了，他光着头，穿一件领口破旧的白衬衫，一条老棉裤，外面套着一件对他来说过于肥大的灰色外套，鞋子也很廉价。

"我的天哪。"新娘咒骂道，"你原来那一头浓密的头发哪儿去了？"

小伙子的皮肤像煤炭一样黑黝黝的，镇子上的人都喊他"煤球""焦炭"。

他洋洋自得地摸摸自己光溜溜的脑袋，骄傲地展示自己的光头，以后再也不会因为那一头女孩子似的头发被取笑了。

洛丽娜的粉拳落在他的胸膛。她盛装打扮，像洋娃娃一样头发蓬松，衣服领口挂着一串亮闪闪的项链。妮妮娜婶婶早就在所有人面前夸下海口，正式订婚那天，她的女儿一定会美艳无比。"虽然他像巧克力一样黑漆漆的，但却是个不错的小伙子，真的很不错，干活也很卖力。"

现在，看着他浑身破破烂烂，不修边幅，脑袋光滑得如同新生儿的屁股，妮妮娜婶婶的眼睛闪闪发光。"现在不像巧克力了。"她对我和妈妈轻声说，"像个狗屎一样。"

然后，她摆出镇上女人面对命运打击时无动于衷的那副镇定表情，揽住女儿，陪她一起和聚集在地下室里的亲朋好友打招呼。尽管是一栋破破烂烂的房子里一间破破烂烂的地下室，妮妮娜婶婶也想方设法让这里变得豪华起来。一排长长的草椅在室内围成一圈，天花板上挂着洛丽娜亲手制作的花卉装饰。妮妮娜婶婶还从她已经去世的丈夫住在曼度里亚的亲戚那里搬来了一台闪闪发光的留声机。音符消融了人们的话语和紧张的气氛，很快，没有人再因为小伙子的光头大惊小怪了。

不过，最引人注目的还是她，安吉丽娜，她是所有人当中最美的。她穿着粉红色的紧身连衣裙，袖子蓬松，稍稍露出后背。

"你露的太多了。"爸爸看着她从厨房和卧室间的帘幔后面走出来，抱怨道。

我和妹妹在衣柜镜子前穿好衣服。长大后，我还是瘦得像个钉子，像北欧美女一样苗条。我的头发呈现出白葡萄的颜色。

"拿着，把这个塞进去。"安吉丽娜把棉花团放在我手里，用手摸了摸自己的胸部。我的胸一直都很小，像两颗硬邦邦的榅桲苹果。我把棉花团从领口塞进衣服，仔细调整位置。

"你现在看起来就像丽塔·海沃思。"她挽着我的腰说。

妹妹对美国女演员情有独钟。每次礼拜堂播放海外电影，我们俩都会坐在第一排。安吉丽娜看着朱迪·加兰、拉娜·特纳和贝特·戴维斯的脸，眼睛闪闪发光。她也想像她们一样，拥有属于自己的生活。

"你看起来就像卢克雷齐亚。"我说，"迷人的路易莎·费里达。"科佩蒂诺所有的男人都为她着迷。

同样的，安吉丽娜也吸引了聚集在妮妮娜婶婶舞厅里的男人。可以看到他们爱慕的眼神，有几个脸皮厚的会趁着父亲看不见，用手比出爱心。安吉丽娜微笑着避开那些目光，表情十分迷人。她幸福得飘飘欲仙，身体丰盈饱满，眼底闪烁着无限光芒。

女人们坐在稻草椅上围成一圈，她们把目光投向安吉丽娜，表情充满惋惜。曾经属于妈妈的诅咒如今都转移到了她的女儿身上。美丽如同一道无法愈合的伤疤，在她们俩身上留下了痕迹。不过那时候，妹妹对此并不知情。她天真地以为，那些年轻小伙子的仰慕可以让她摆脱尘世所有的艰难。

洛丽娜和她的黑人男友在舞厅中央翩翩起舞。接着，男人和男人，女人和女人都开始跳起舞来。洛丽娜二人的存在证明，男女即便没有激情，也可以亲密无间。妈妈和接生婆朱丽叶塔在一起跳舞，就连女巫也站在了房间中央，紧紧抓着洛丽娜某个表姐的胳膊。那个女人的屁股和胸都像地面一样扁平。

我转头寻找父亲。那天，他留着小胡子，头发从中间梳开，显得迷人而优雅。我的脑海中突然冒出一个荒唐的想法，他和皮尔逊男爵很像。我很久没有在小镇的街道上看到皮尔逊男爵招摇过市了，也许他把自己关在了棉花糖房子里，切断了我们所有人和他的命运之间那条解不开的线。

我看到父亲和几个男人在门厅黑暗的角落里说话。他们喷出烟圈，抬起下巴，仿佛要追随香烟在空气中留下的痕迹。

我靠近门框，方便更加仔细地观察他们。如果父亲说些什么，总有人随声附和"嗯"。如果是其他人开口，爸爸也会大声回答一个"嗯"。我知道，那段时间对于平日在田地里干活的人来说很特别。那些农民满脑子都想着如何在未经允许的情况下开垦皮尔逊男爵和坦布里诺侯爵的土地。牧场里长满锦葵，多刺的栎树阻挡道路，太阳灼烧田野，土地泛红，荆棘丛生。在男爵侯爵眼里，这片贫瘠的地方不过是个废弃的狩猎场，但对于我父亲这样的人来说，这里意味着待开发的土地，要用锄头斩去这里的荆棘，要在泥沼里种上幼芽。父亲和妈妈谈论这些事情的时候，妈妈总是闷闷不乐。她皱起眉头，急匆匆地清洗盘子和玻璃杯，最后武断地说："如果一个东西天生是圆的，那它就不可能变成方的。"

父亲的喉咙轻轻哼了一声，这是愤怒爆发的预兆。

"你不懂，卡特琳。"父亲终于忍不住火冒三丈，喊道，"那些人在吸我们的血，我们还在挨饿！"

有一次，他讲了蚂蚁和苹果树的故事。他说，生命的奥义就在于看清人生道路上的种种信号。蚂蚁也是如此，它们沿着苹果树干向上攀爬，是因为树冠新鲜的枝丫间潜伏着害虫。年轻的生命之中隐藏着死亡。那棵树看起来枝繁叶茂，其实已经腐烂了，被感染了，终将消耗殆尽，这个世界也是如此对待我们的。

"我们需要理解这些信号，卡特琳。"长篇大论过后，他总结道。

妈妈不再回应这些隐晦的话题，她是个简单的女人，父亲讲话弯弯绕绕，对她来说太复杂了，她听不懂。对她来说，一切非黑即白。侯爵和男爵是白，其他所有人都是黑。于是，她沉着脸，紧闭嘴唇，缄口不言，生活一切如旧。

然而，母亲表面平静，内心依然泛起了波澜，她不得不思考父亲的言辞与论断的含义，这些荒唐的想法她以前从未涉足。好几次，父亲出门去田地里干活的时候，她就会盯着自己衣服上的缝边、裙褶上近乎发灰的破洞、褪色破旧的凉鞋。她叹了口气，仿佛失望透顶。我看见她从抽屉里拿出婚纱的头纱，那是她的母亲，我素未谋面的祖母送给她的。她细细把玩头纱，久久地凝视上面的珍珠。她似乎需要看着什么美好的东西，才能对抗丑恶。这一生我都在问自己，她到底有没有后悔过让男爵抚摸她。

"你怎么待在这儿看爸爸？"

妈妈的声音把我唤回了现实。她一脸惊奇地看着我，看起来很高兴，眼睛熠熠生辉，头发被汗水打湿，紧紧贴在脸上，如同卷曲的灌木丛。

"他们一天到晚就知道讨论地里的事儿，吧啦吧啦的，废话说个不停。来，快过来吧，洛丽娜要切蛋糕了。"

妈妈牵过我的手，把我带到餐桌边，桌上摆着一个漂亮的三层大蛋糕。洛丽娜的表情看上去如痴如醉，文森特接受着大家的掌声和祝福，有些不知所措，仿佛一个懵懂的孩子，还不习惯如此多的善意。突然，我们听见一声长长的、尖锐的刹车声，不一会儿，两个黑影从楼梯阴影处走了进来。在我看来，他们仿佛是另一个时代的人物，拥有卡尔多塔强盗的目光。

"你们想干吗？"妮妮娜婶婶担忧地问，"谁派你们来的？"

"谁派我们来的，这不是您该管的事。"

大家纷纷停了下来。父亲和其他几个人走近那两个黑影。"你们想干吗？谁派你们来的？"他们也问道。

"你们不必知道是谁派我们来的，但是这个小伙子，这个无赖。"他们指着文森特说，"他抢了男爵的田地，却不以为耻。"

文森特埋下头，简直想钻进地洞里去。洛丽娜开始替他辩解，她发誓自己的未婚夫没有做这些事情，但文森特的表情说明了一切。

"他得跟我们走一趟，要向皮尔逊男爵做个交代。"

"这个小伙子哪儿都不会去。"爸爸说，"这是他的订婚宴，要向皮尔逊男爵解释的话，其他有的是时间。"

那个强盗般的家伙竖在父亲面前。他留着粗粗的胡子，眼睛像狼一样。

"索祖，你最好让开，否则你也会被牵连的。"

为了防止事态变得更糟，妮妮娜婶婶拽住了父亲的一只胳膊，摇摇头，让他就此作罢。

"这个黑人只会为他做过的事情付出代价，如果他什么也没做，自然会回到订婚宴上。"那个家伙用食指从蛋糕上刮下一片奶油，放在嘴边慢慢舔了个干净。

洛丽娜紧紧抓住未婚夫的手臂，只有和他在一起，她才能向所有人高呼，自己也有拥有幸福的可能，也能过得顺遂如意。

那些人用两匹马拉着乌黑锃亮的马车，带走了文森特。

"那是通向地狱的马。"女巫宣判道。

我们都走到门前，一阵强风刮来，四周变得寒冷起来，女人们都缩进了斗篷。

"真是无赖。"有人叹气。

"订婚宴毁了，我可怜的女儿。"妮妮娜婶婶发出长长的叹息。

"我告诉过你，她有一只毒眼。"女巫最终宣判道。她什么都能看见，什么都知道，她了解我们每个人的秘密，也许她还能够预知未来将会发生什么事情，也许她那双魔法眼睛早已看到，那将是她活在人世间的最后一晚。

3

女巫去世的消息是文森特第一个传出的。他并不担心遇到强盗，经常出入树林。有传闻说他是去会见朋友的，会见那些同他一样的共产党，他们在秘密策划一场真正的革命，要把男爵这样的人送上西天。

事情发生在清晨，文森特从女巫的屋前经过，屋内突然袭来一阵浓烈的香味，他好奇地探进窗口，想看看巫婆在施什么法术，却见她躺在床上，双手叠放在肚子上。女巫把所有的首饰都戴在身上，后来他才知道，前夜她根本就没有摘下那些珠宝。

消息传遍了小镇，也传到了附近几个镇子。耶利米神父匆忙地组织了葬礼。有人提出担忧，如果不妥善埋葬女巫，她的灵魂可能会被禁锢在这片土地上，在林子里四处游荡，如同那些幽灵，每到黑夜，它们的影子就会盘旋在树木之间。阿孙塔奶奶为逝者点燃了一支蜡烛，一直祈祷到午餐时分，这样女巫的灵魂才能在天堂受到欢迎。毕竟，虽然她曾经向这个那个倒霉蛋施行过邪恶的毒眼仪式，但她也帮助了不少人，她帮助许多妇女分娩，这可比接生婆好多了，接生婆会用欧芹汁断送她们的性命，她比女巫还要凶残。

葬礼那天，人们把女巫打扮成圣母马利亚雕像的模样。小镇上的妇女为她流下了柔情的泪水，她们捂着胸口，慌乱不安，以后日子里，再也没有人可以预言未来是幸福还是不幸了。

一周后，一个年轻人来到镇上，自称是女巫的侄子。他先出现在贝佩先生的店里，店里的瓶瓶罐罐装满粉末，仿佛具有魔力，他以为自己的姨妈一定和这里相熟。杂货商瘦小的女儿在镇子里东奔西走，用她粗鲁的嗓音宣布新的巫师已经到来，这个巫师的眼神不像他的姨妈那样傲慢凶恶，反而如阳光般和煦。他拥有一双属于地中海东部的眼睛，和那些来自海上的男人一样，和小镇上所有女孩心中梦寐以求的演员一样。长大以后，贝佩先生的女儿依然瘦骨嶙峋，她的胸部棱角分明，成排的肋骨透过衣服显露出来。不过镇上的人都知道，她在市场上的时候，离开了杂货柜台，去了男人玩牌喝酒的小屋子，在一群推销甘草根和马赛肥皂的人里头勾引那些棉被商，把她的父亲气得发疯。也许是因为她习惯了常常到处游荡，在消息传遍大街小巷之前，她又靠着自己的想象力添油加醋了一番，倒也符合她爱恶语伤人的丑陋天性。

"这都是因为她没有妈妈。"女人们说。女儿还小的时候，杂货商就丧偶了，因此，他包容了女儿暴躁的脾气和恶毒的言语。所有人都包容她，唯有安吉丽娜对她无比厌恶。她在挖掘消息这方面天赋异禀，因此得了个绰号叫"机关枪"，再琐碎的事情，只要与小镇有关，一旦传到她的耳朵里，立马就会像机关枪一样喷射出来。

于是，她告诉了所有人，女巫的侄子开着小车，沿着墓地那条路来到了科佩蒂诺。他带来了一整间卧室的家具：衣柜、床垫、五斗柜、保险箱和一个单独的床头柜，柜子用光滑的棕色木材打造，边缘雕刻着树叶。几只狗跟在车后面，朝每一个路人狂吠，似乎在护送年轻人的家具。小车摇摇晃晃地停在了杂货商店门前。

贝佩先生挠挠脖子，环顾四周，希望找到一个人能帮他处理这复杂的局面。他要怎么才能相信一个素未谋面的小伙子呢？女巫也从未提过自己的侄子。"你确定你说的是实话吗？"他手足无措地问。

年轻人为了证明自己，摊开了一封信。这封信是姨妈几周前寄给他的，信上说，不久以后她就能从那栋摇摇欲坠的房子里解脱了，不用再生活在黑暗与痛苦之中，她很高兴，而接下来的日子里，需要他去接替这个位置。杂货商读了两遍信件，手指摩擦着女巫模糊的字迹。"机关枪"说，信里每一个字似乎都是颤抖着写出来的，字母拐弯的地方都顿了一笔，留下青灰色的墨迹。没有人能够想象，女巫竟然还会写字。

"我不知道。"杂货商说，"看起来好像是真的，可是她怎么知道房子会空出来？"

年轻人迷人而清澈的眼睛盯住杂货商，然后又聚焦在他女儿身上："当然了，先生。我的姨妈是一位女巫，自然能够预知一些事情。

我很抱歉我来迟了，她已经去世了。上次见她的时候我还很小。"

"你从哪里来？"杂货商最后看了一眼信件，问道。

年轻人向他描述了自己在马泰拉岩壁间的家。那是一个被煤烟熏黑的洞穴，和其他岩石屋堆积在一起，上面有小窗户和木门。砖块、石头、人和动物都聚在一起。家里从来没有水，上厕所也只能藏在岩石背后或者泉水边，趁着有泉水的时候，用泉水冲洗干净。

"先生，那里是被上帝遗弃的地方。无论您是人还是动物，都会那样生活，不会发生改变。"

这个年轻人不像镇子里其他人那样爱比画手势，他只是微微动了动手，低下头表示尊敬，他的礼貌让杂货商很高兴。

"那我带你去你姨妈家吧，在树林里。"他说。

他们一起爬上车，朝女巫的家驶去。

"我喜欢被树木包围的感觉，我终于也有自己的一点空间了。"年轻人心满意足地说，"在马泰拉，我感觉透不过气来。"他握住杂货商的手，"我叫贾科莫，贾科莫·皮萨努。"接着，他们便消失在了巷子深处。

4

几天后，贾科莫·皮萨努出现在了我家。当时，我和安吉丽娜正在灯光下弯腰为洛丽娜的婚礼缝制衣裳。妈妈送我们去裁缝那里学了两年，现在我们的针线活儿都相当不错。安吉丽娜干活比我快，但却没我细致。我小心谨慎，尽量不出差错，也许是太过小心了，大大减缓了工作进度。

尽管贾科莫还是个小伙子，对我们来说，这也是男人第一次走进我们的家。那天我们才知道，他二十五岁了。贝佩先生的女儿没说错，他的眼睛闪闪发光，嘴唇饱满，只不过浑身脏兮兮的，衣服上散发出牛粪的味道。

"我叫贾科莫·皮萨努，是女巫的侄子，我来自马泰拉。"他自我介绍说。

也许是第一眼把他错认成了破抹布，也许是单纯不喜欢家里有其他男人，爸爸站在门口盯了他好一会儿。女巫的孙子摘下帽子，用双手把它压平。父亲大概挺喜欢这个动作，让他进了家门。妈妈用抹布擦干手，介绍了自己。看到房间另一端的我和安吉丽娜，他低下头，脸红了。自然，他把目光投向了安吉丽娜。他牵起嘴唇，微微一笑，我注意到，他的牙齿洁白而整齐。

"随便坐。"父亲拉出椅子，说道，"要喝杯普里米蒂沃酒吗？"

年轻人同意了，一副欲言又止的模样。

"你姨妈的事情，真的很遗憾。她在这座小镇上是个受人尊敬的女人。"父亲继续说道。

对方点点头，等着父亲询问他，好讲述他的故事。

"你来我家有什么事吗？"

贾科莫清了清嗓子，开始描述他在马泰拉的房子。战争之前，厨房里的面包柜总是装满了他的父亲从乡下直接带来的小麦和油，那是他心灵的安定所在。他，父亲，弟弟，一家三口住在同一屋檐下。在他们小的时候，妈妈就去世了。"他叫萨尔瓦多，我的弟弟叫萨尔瓦多。"

我和安吉丽娜放下了手中的针线。贾科莫稍稍压低了声音，我咽了一大口口水，是苦的。我第一次感觉到腹部纠缠在一起，我头晕目眩，不得不屏住呼吸。面对年轻的贾科莫的目光，我不知所措，他双眼的力量与女巫催眠时的眼神如此相似。

"我从战争中回来以后，一切都变了，索祖先生。我什么都没了。"他继续说道。

"你是哪个团的？"父亲问他。他的声音也掺杂着一丝情绪，但他时不时咳嗽几声，努力不被识破。

"第一炮兵团。"贾科莫挺起胸脯，扬起下巴。

"我是第二步兵团的。"父亲回答。

贾科莫喝了一口酒，擦了擦额头，天气很冷，但家里只有炭火盆取暖。

"你弟弟呢？"母亲问。

"他也是炮兵，女士，第二炮兵团。"

他的声音很温柔，充满异国情调，尽管有时候他的神态和吐词让他看起来像个外国人，但不知道为什么，我对他总有种熟悉的感觉。

"北非，女士。"他继续说道，他死在了那里，我在家里收到了一封信，还有一个小口袋，里面装着他的东西。这就是他的手表。"他指着手腕，"这是他二十一岁时父亲送给他的礼物。第二年，他们俩都离开了我。父亲是因为严重的肺病，而弟弟被手榴弹炸死了。手表已经不再运转，但我还是戴着它，我不在乎它能不能看时间。"

我和安吉丽娜用手捂住嘴，控制自己的情绪，妈妈也是如此。爸爸却做了一件自战争结束后他从未在人前做过的事情，他感动了。也许他回想起了他的战友所经历的一切，那场传染病感染了不知多少人，似乎病毒一旦获得自由，连空气都会变得腐烂。

此刻，他凝视着这个年轻人，小伙子又瘦又高，皮肤透亮，眼神专注，继续讲述起自己的经历。没有人知道他为什么选择我家来倾诉他战争岁月最后的时光与苦痛，这些苦痛彻底改变了他的青春。

"我发现自己只剩下了一个人，一切只好从头开始。土地、食物、需要维修的老房子，我筋疲力尽。收到姨妈的来信我才明白，是时候抛下一切，改变自己的生活了。我的双手很能干，您看。"他伸出手，露出发黑的手指，干裂的皮肤，烧焦蜡片似的指甲。

"我出生在农村，知道怎么种桃树和李树。镇上的人告诉我说您是个正派人，在皮尔逊男爵的土地上工作，也许您需要一个帮手，需要年轻的臂膀和聪明的大脑来帮您。我不需要钱，只要收成的时候分点吃的东西就行，其他什么也不要。"他将右手放在心脏上。

爸爸的手从嘴边挪到额前，他整理了一下依然乌黑的头发，然后再次摸了摸嘴唇。

"亲爱的贾科莫，我明白你的想法，但是这里的情况和马泰拉并没有什么不同。你看到这附近什么样子了吗？"他张开双臂问道，似乎从我们家可以看到阿尔诺所有的土地，"这里的土地全都属于两个家族，这里一直到莱切那边都属于皮尔逊家，而另一边一直到马格利，都属于坦布里诺家。他们的每头奶牛都有两公顷的土地可以吃草，但是如果一个工人，一个穷人，一个像您这样来自马泰拉的无业年轻人未经允许就在灌木丛间徘徊，想找块木头或者抓只蜗牛吃，就会被男爵的家丁当场捉住，他们会用棍子打你，甚至开枪杀了你。在这里，农民的权利什么也不是，你明白吗？"

贾科莫开始环视我们的屋子，父亲和母亲也跟着他四处打量。

家里到处都是裂缝、豁口和阴影。我盯着桌子前的墙壁，它仿佛一团被惊雷劈开的乌云。事实就是父亲所说的那样。我们不得不精打细算每一里拉过活。战争时的饥饿变成了受压迫的饥饿。这个家明白我们的拮据，它只有一个房间，用帘幔隔成了两部分，被烟熏黑的小厨房，几把歪斜的椅子，快要散架的桌子，我们每周都需要缝补的破烂衣服。妈妈也明白，她在市场上看着货物，却没办法购买。布匹商皮努奇用小车拉来货物，摊开布匹，让它们从女人们的眼皮子底下划过。她们用指尖轻轻抚摸棉布床单、苏格兰衬衫、可以做出优雅华服的黑色绸缎、可以织成轻便衣裳的华达呢、用来做男士西装的双编玛格拉布，女人们的眼睛闪闪发光，但是只有几个人能买回去几块布头。

"买点吧，美丽的夫人。"商人盯着母亲说道，母亲美丽的容貌依然能够让男人的目光熊熊燃烧，长裙衬得她身材玲珑有致，但她还是变老了。如果她买点什么，那也是为我和安吉丽娜买的。仔细想想，战争过去以后，妈妈周末不再去拜访皮尔逊男爵，我也再也没有看到她光彩照人的模样了。现在她想到那个男人正剥削着我们，心里会是什么感受呢？

父亲仍在讲述地主的剥削、未耕地和沼泽地的情况，男爵宁愿让土地腐烂，也不愿把它交给农民。我凝视着母亲的面庞，她待在屋子的角落里，紧紧挨着墙边，目光游离，做出防御的姿态，如同一个受惩罚的孩子。这一生我都在想，她对那个在战争中救了我们的男人到底是什么感觉，但我从未有勇气问过她。

5

"我觉得我们可以帮帮他，纳尔多。"

是妈妈在说话。她摆出一副高傲的姿态，每当她走在大街上的时候她就是这个模样，那次被人侵犯以后更是如此。她伸直脖子，扬起下巴，显得更加孤傲。

父亲看着她，手掌摊开在腿上。"那好吧。"他终于松口了，"不过早上五点就得开工，只有我们不要的东西你才能带回家，如果你觉得可以的话，就这么决定了。"

贾科莫低下头表示感谢，攥着衣服下摆的手握得更紧了。

"啊，还有一件事。下次再来我家的话，你得洗洗干净，换掉这身满是粪臭的衣服。"

贾科莫尴尬地站起身，摸了摸自己的脏衣服，轻轻点了点头。一直到离开我家，他都不敢直视我和安吉丽娜。

"夫人，也很感谢您。"贾科莫补充道。

那天晚上我一闭上眼，脑海中就浮现出贾科莫·皮萨努的脸庞。

我和安吉丽娜长大以后，就没办法再睡在同一张床上了。于是爸爸想办法又弄来一张床垫，白天把床垫藏在床下，晚上就拉出来，正好够我们两个人睡。我选择了床垫，把舒适的大床留给了妹妹。安吉丽娜表示反对，说她年纪更小，理应做出让步。尽管她比我年轻，身体比我柔软，曲线比我丰富，但我知道这样才是对的。我依然贫瘦，瓷器般的皮肤和纤细修长的脖子是我从母亲那里遗传到的唯一礼物。但安吉丽娜和她简直就像在照镜子，她们都长了一张美丽的库尔人的脸，就连做事的方式也一模一样。我的妹妹拥有母亲的力量，这种力量源于她们对自己所生活的这个世界的藐视。我不禁想起，那段日子里发生的事情把母亲的热情化为冷漠与忧郁，如今我能在安吉丽娜眼中看到闪耀的活力，但在母亲身上已不复存在了。安吉丽娜就是妈妈的过去，也要经受妈妈的苦难与秘密。

"你觉得女巫的侄子怎么样？"

安吉丽娜先开始谈论起贾科莫来，我看着她躺在曾经属于我们两个人的床上，脖子枕着手臂，眼睛盯着天花板。她的声音很低，这样父母就不会听到我们说话了。

"我不知道，看起来挺有礼貌的。"

"有礼貌，是挺有礼貌的。那长相呢？挺帅的，是吧？"

"长相我倒没有注意。"我撒谎了，其实我早就注意到，他嘴唇曲线柔和，像女孩一样，长长的睫毛让他的目光显得深邃，但我没有勇气在别人面前提及这些想法。

"可惜他太穷了。"安吉丽娜说。

我不喜欢这种想法，我相信男人的价值是用金钱以外的东西来衡量的。即便贫穷，我们依旧可以共同奋斗，作为一个年轻女人，幼时深深迷恋的男爵的英俊，现在在我看来，只是一个陷阱。

"你今晚要不要上来和我一起睡？"安吉丽娜一双乌黑的大眼睛看着我。

"怎么了？"

她耸耸肩："没什么，我想挨着姐姐睡。"

我蹲在妹妹旁边，安吉丽娜侧过身来，抓住我的胳膊搭在她的腰上。我们沉默了好一阵子。我不再去想贾科莫的目光，仔细地观察妹妹的身体与呼吸。我抚摸她柔软、光亮的皮肤，轻嗅她身上薰衣草的香气，感到心满意足。如果我知道将来会发生什么，如果我拥有女巫的天赋，我一定会记住此刻的气息、温度、呼吸的节奏，我永远不会忘记她的每一处线条，每一个细节。她是如此的与众不同。这是我的妹妹，我属于她，她也属于我。

第二天早晨，我们一起出门把衣服带给裁缝，裁缝长了一张不对称的脸，棱角分明。她是个脾气粗暴，可恶的人，但却极擅针线。她给我们提了些建议，在洛丽娜的婚纱上做最后的修改。

安吉丽娜的脸颊冻得通红，看起来愈发娇艳。男人贪婪的目光落在她身上，很难不去注意。要不是阿孙塔奶奶太过喜爱她，一定会对她说出当年抱怨母亲时相同的话，美丽是一种罪过。安吉丽娜意识到了自己对这些男人的吸引力，她模仿着电影里女主角的步态和高傲的目光，风情万种地走在路上。她长长的卷发梳成旋涡状，一直垂到臀部。在那些仰慕者看来，她简直就是女神。

我们走到布匹商皮努奇的柜台前，这个又矮又秃的老头用牙签从嘴巴一端剔到另一端，从头到脚打量着我们："只有最上乘的料子才配得上索祖家的女儿。"他边说边笨拙地朝我们鞠躬。然后，他展开了一匹深紫红色的塔夫绸，绸子沙沙作响，仿佛在歌唱。

安吉丽娜抚摸着绸缎，眼睛闪闪发亮。这匹布是制作礼服的完美选择，紫红的颜色在她琥珀色皮肤的映衬下栩栩如生。她打开钱包，数了数里面的硬币，我们的钱实在是太少了，只够支付裁缝的指导费。

"安吉丽娜，我们买不起，我们没有钱。"

来了一个镇子上的女人，是内拉，战争过后，她从容易受惊的小鸟变成了豹子。她的丈夫从德国战场回来，身体得以保全，但大脑受了伤。他以前是个旧货商人，现在在大家眼里却成了傻子。他的手和胳膊颤颤巍巍，只能抬到胸部的高度，如同一个残废。他的嘴巴做出不自然的表情，右半部分向上牵着脸，左半部分则像破布一样挂了下去。据说，一枚手榴弹炸在了距离他几步之遥的地方，他亲眼看到同伴的头颅从身体上被炸飞出去。他奇迹般地活了下来，但再也无法回到从前的样子。他仿佛回到了孩提时代，无法区分黑色与白色之间的灰色地带。他依然可以数数、阅读、涂鸦，但他的世界变得很简单，充斥着无限的纯真。他像孩子一样出其不意，毫无缘由地，笑着笑着就哭了，却再也无法表达真实的情绪。不仅如此，他还会发出单调重复的声音，发出苍白的抱怨，片刻之后，又开始疯狂地傻笑。总之，他没办法理解他的妻子每天从早到晚经历着什么。他的妻子决定照顾他的生活，于是，她变成了另外一个女人。她开始当理发师，而且干得很出色，但是美国电影对她的诱惑太大了，她想改变自己，变成其中一个迷人的女演员的模样，让镇上所有的男人魂牵梦绕。她的肉体还很新鲜，身体还很强壮，穿着裁缝每月缝制的紧身衣服，丰满的身材跃然而出。她化着精致的妆容，喷上香水，在小镇的广场上走来走去，深色的头发蓬松而卷曲，如同洋娃娃的头发，勾勒出她的脸颊。年纪大些的女人都说，她在傻瓜丈夫的眼皮子底下当妓女，所以每周都可以换衣服穿。还有人曾经看到她陪着一个比她年轻许多的士兵，走进了新街区后面米勒大街的一家旅馆。

布匹商看到内拉，也朝她鞠了一躬："今天一定是我的幸运日，柜台上来了这么多漂亮的女士。"

内拉拿起塔夫绸，闭上眼抚摸绸缎。"我听见你说你想买它。"她对妹妹说。

安吉丽娜摇了摇头："我不买，布匹商的要价太高了。"

内拉把绸缎贴近自己的身体，嗅了嗅上面的气味。"我给你买。"她说。

安吉丽娜看着我，布匹商人看着她，赶紧打包商品，以免错失这笔生意。

"我们不能接受。"我回答道。

"拿着吧。这是礼物，给你妹妹的礼物。我不能送你们礼物吗？不过我有个条件。"她平静地对妹妹说，"就是你们用它做衣服的时候，我想来看看是什么样子的。你们不要害怕我的丈夫。自从他那个样子从战争中返还，就没人愿意再探望他了，甚至连亲戚也不来。他不会伤害别人的，他就像个小孩子，甚至没法打死一只苍蝇。"内拉的眼神有些空洞，茫然地盯着前方。她很快恢复如初，摸了摸脸颊两边的卷发："所以你愿意拿着吗？"她微笑着问。

安吉丽娜点了点头，把布料捏在手里。"谢谢，非常感谢。"她最后说。

布匹商似乎被这样的场景感化了，他转过身去，手伸进袋子里搅了搅，掏出一只玩具娃娃，娃娃的脸上涂了蜡，身体是木制的，上面裹着红色塔夫绸连衣裙。

"这是送给你的。"他轻声对内拉说道，"你就像这个红色塔夫绸洋娃娃一样。"

布匹商的声音很温柔，尽管这不过是句虚假的恭维。内拉早已习惯了男人的小把戏，她抓起娃娃，远远地看着它。"礼物我收下了，不过请记住，我并没有义务感激你。"她冷冰冰地说。

接着，她微笑着看了我们一眼，付清深紫红色布料的钱，然后离开了。

安吉丽娜紧紧抓着布料，眉开眼笑。我们继续前进，穿过了把乡村分成两半的大路。我们想要继续前行，不知不觉中，我们俩的脚步似乎都在朝同一个方向前进。远远地，可以隐约看到附近村庄的轮廓，还有稀稀落落的房屋、菜园、打谷场。灰色的天空笼罩大地，模糊了深色的地平线。我们一言不发地走着，走到了皮尔逊男爵的农庄。对面农家窗户紧闭，但我们知道，他们从窗户的缝隙里偷窥过多少前来此地的人。我们可以感觉到他们的目光落在我们身上。我想，几年前母亲出现在男爵家门口的时候，又有多少双眼睛窥视过她呢。欣赏着洁白无瑕的房屋，整齐繁荣的土地，有一种恍如隔世的感觉，在这片欣欣向荣的田野间，似乎可以忘记一切卑劣与残暴。

"男爵的房子真漂亮。"

与其说这话是安吉丽娜对我说的，倒不如说她更像在自言自语，她径直看向入口大道的方向，双手紧紧抓住绸缎，仿佛触摸着珍贵的塔夫绸，她便也能获得特殊的通行证，成为那个世界的一部分。

"我长大后也想住这样的房子。"她小声说道，这次她望向了我。

一时之间，我不知道该怎么回答。我只是拉过她的手，点了点头。

"走吧，裁缝还在等我们呢。"我催促道。我想赶快离开这个地方，任何人的目光在这里停留，都会被迷惑，被欺骗。

回家以后，我们对妈妈说，塔夫绸是裁缝奖赏给我们的礼物。我们害怕妈妈一听到内拉的名字，就会逼迫我们把这份珍贵的礼物送还回去。安吉丽娜把布料挂在院子里的晾衣绳上吹风，整个下午她都看着那块紫红色的布匹，心情激动而又复杂。我明白，安吉丽娜在美丽的事物之中总是怡然自得，她生性与这块土地上的泥泞格格不入，誓死与小巷里令人绝望的不堪斗争到底。照亮她眼睛的不仅仅是紫红色的塔夫绸，更是一种无法泯灭的欲望，这欲望像石头一样压着他，让她焦躁不安，但又充满生命力。奇怪的是，那天下午连我也有些异样的感觉，我不知道是因为与女理发师的相遇，还是因为她送给我们的布匹，抑或因为见到了女巫的侄子。我感受到一种奇特的幸福。

我仰起脸，深吸一口气，注视头顶的天空，它依然是平常的模样，但我却从未以这种方式感受过它。一团灰蒙蒙的、浑浊的乌云，变幻莫测的天空，这是我从没见过的景象。我没有见过这样的天空。后来我才发现，那是因为爱，只有爱才会对人类产生那样的影响。

6

一九五〇年一月，在反对马格利的坦布里诺侯爵强占土地的抗议活动中，一名三十岁的雇农被冲锋枪扫射，腹部中弹身亡。自此，起义之风吹遍了纳多、卡米亚诺、勒沃拉诺和科佩蒂诺的土地。爸爸和村里的其他男人明确提出，农业合作社必须给予农民应有的权利。他们的第一个目标就是男爵的未耕地，阿尔诺人民希望把这片腐烂的、贫瘠的荒野变成硕果累累的土地。贾科莫·皮萨努不仅成为我父亲的好帮手，还是一位勇敢的理想家，他慷慨激昂地提出了许多观点。来到科佩蒂诺的这几个月里，他已经买了一头骡子、一把手推车、四只山羊和数不清的母鸡，这些母鸡叽叽喳喳，刺耳的声音遍布他的树林。每个星期天爸爸都会邀请他来我家吃饭。我想，爸爸一定是想起了他在战争中某个丧生的年轻战友，因为每次女巫的侄子迈进我家门槛，他的眼睛就会亮起来。与此同时，贾科莫的举止也变得得体起来，尽管他还没能买件新衣服，但他洗净了自己拥有的两件衬衫，挂在阳光下晾晒，把它们晒得像帆布一样紧绷，这样来我们家时就可以穿了。爸爸会和他光明正大地讨论阿尔诺农民的问题，还会说起一些在我们女性面前闭口不提的细节。

"如果换作我。"一次，他高声说，"我会把皮尔逊老爷、坦布里诺老爷都送去劳改，让他们学着在地里干活儿，累到指甲脱落。还有他们的孩子也要去，都不是什么好人。"

与此同时，男爵的家丁经常出没于镇上的广场和小酒馆，监视反叛分子。在一次围捕中，他们拽住了文森特的领子，把他拖走了。那时他正和接生婆的丈夫一起坐在小酒馆的桌子边，那个男人自从战时起就一直是阴谋家，朝所有人口出恶言。他们试着用胳膊阻止男爵的家丁，家丁亮出来福枪的枪管，"管好你自己，否则下一次就轮到你了，该死的共产党。"他板着脸训斥道。

他们第一次带走文森特，是在洛丽娜的订婚宴上，第二天一早，他就被送了回来，鼻青脸肿，浑身是伤。而第二次，洛丽娜的黑人男友再也没有回来。本该在六月举行的婚礼就这样无疾而终，再也没有人知道关于这个年轻人的消息。有人说，他们把他打得浑身是血，丢在了树林中央。有人找到了他，偷偷把他送到了他父亲那里。他的父亲把他所有家当打包在两个纸板箱里，不顾一切登上了塔兰托港。如今，文森特家门紧缩，百叶窗紧闭。他没有给洛丽娜留下一封信，一句话，一个解释。镇上的女人开始接连不断地造访妮妮娜婶婶家，一直持续了三天。

"我可怜的女儿。"她双手捂住脸，哭号着。

洛丽娜倒在沙发上，伤心欲绝。她一直把自己当作文森特的准新娘，憧憬着未来生出牛奶色皮肤和咖啡色皮肤的孩子，他们一定会拥有浓密的卷发。妮妮娜婶婶为她准备了热乎乎的菜肴和浓汤，以抚平她的悲伤。她甚至给医生打了电话，因为洛丽娜绝食了，她的皮肤就像布匹商的瓷娃娃一样苍白。

"没有药可以医治这种病。"医生回答说。

阿孙塔奶奶带来了新鲜的鸡蛋，是她的母鸡刚下的，她嘱咐妮妮娜婶婶让洛丽娜生吃鸡蛋，这样可以补血。面对这些不幸与不公，奶奶变得越来越脆弱，越来越容易流泪，只不过从前她的泪水汹涌澎湃，现在变成了断断续续的细流，奶奶的眼泪缓缓流淌，她明白，一切都是无法避免的。这么多年过去了，阿孙塔奶奶的脸变得更加苍白，更加纤薄，如同一张羊皮纸。她眼睛下方细弱的静脉近乎发蓝，衬得她瘦骨嶙峋的身体愈发脆弱。她走起路来肩膀微微弯曲，步伐缓慢，姿势笨拙而犹疑，脑袋不停轻颤，仿佛永远也走不完那一段短短的距离。如今我看到母亲时，就会想起祖母生命的最后一刻，于是，一种温情的思念在我的血液里流淌，烈酒般的温热使我流下泪来。然而那个时候我只有二十岁，依然享受着青春赋予的不朽之感。我注意到阿孙塔奶奶越来越细致地收拾屋子，茶杯和玻璃杯整整齐齐地排列在橱柜里，果盘摆在餐桌中央，刺绣桌布铺在梳妆台上。主卧里，挂毯悬挂在大床上方，多年来她都独自睡在那里。挂钟已经停摆许久，指针一直指向三点的时间。衣柜里装了一小袋一小袋的樟脑丸，里面还保存着祖父的衣服。最后，次卧的保险箱里还有她父母年轻时的照片，那个房间的窗户永远紧闭，黑暗之中，照片里的人似乎合着眼，而阿孙塔奶奶却睁大双眼看着相片。

"特蕾莎，看，这是你的曾祖父母。"她每次都这样对我说，"看，你长得很像我妈妈。"

我试图在那瘦削的下巴和突兀的颧骨中找到自己的影子，父母的面孔对她来说仿佛是灵魂的寄托。我相信，如果我们每个人都能够回到失去亲人的那一刻，就能找到一个词语，或是一个姿势，好减轻我们的悔恨。我不知道奶奶的那个词是什么，但我知道，每次她亲吻照片的时候，都会把它轻声念出来。然后她猛地抽回手指，仿佛有一片看不见的雪花冻得她战栗起来。

7

我们把为洛丽娜婚礼制作的衣服卖给了布匹商，妹妹还在继续缝制她的紫红色连衣裙。完工的那一天，已经是晚春了。

"我们得把它带给理发师看看，要信守诺言。"

我看着她在卧室里对着镜子自我欣赏，左瞧瞧，右看看。她包裹在塔夫绸中，看起来就像大屏幕里的女主角。最近，她不只对电影抱有热情，青春期的她还爱上了爱情小说，而且成功向裁缝借来了几本，承诺两天内归还。我看到她瞪大眼睛阅读那些永恒却不切实际的爱情故事，故事里的女孩们像百合，像玫瑰，像世间各种美好的东西。也许她期待着有一天，从天而降一个从印刷纸中走出的年轻人，能让她经历与故事里相同的情感。这就是为什么她对镇子上所有的男孩不屑一顾，像贾科莫这样有血有肉的年轻人，完全不像她故事里的英雄男主角。妹妹的心中似乎塑造了一个虚假的，来自另一个世界的人物，她看不见真正围绕在她身边的人。安吉丽娜穿着她唯一一双高跟鞋，轻盈地穿过小巷。她缓缓走在错综复杂的螺旋楼梯上，头顶是阳台上晾晒的面包干，她掠过地窖前的酒桶，不屑地撇撇嘴。男人们在十字路口驻足，望着她，大声赞美她，但她微笑着摇摇头，没有做出任何回应，她至多抬起头仰望天空，轻轻喘息，然后低声咒骂："一群饿死鬼。"

她仰天叹息，希望在屋墙的那一边，在长满罗勒和马郁兰的阳台那一边，遇到她从天而降的爱人。我就这样看着我的妹妹，她美丽动人，光芒四射。

我们一大早就离开了家，她穿着塔夫绸的裙子，我穿着自己亲手缝制的绣花裙，和安吉丽娜无法相提并论。我们只跟着阿孙塔奶奶去过一次理发师的家，那次以后，她就再也不去了，她觉得那个女人浓密的卷发和厚重的妆容就是魔鬼的化身。这条路通向一片矮树丛，高温干燥的天气让树丛变得像玻璃管一样脆弱。走过石子小路，是一片小小的农场，农场里零星散布着几棵橄榄树，女理发师就住在这里，这一小片土地是她丈夫的。安吉丽娜穿着高跟鞋，在鹅卵石上行走很是艰难，不得不歇息了好几次。她严肃地朝前走，一句话也没有说。农场入口大门的右边耸立着一个高大的木质十字架，旁边是一座已经千疮百孔的圣水池。屋内寂静无声，我们只好透过窗户偷偷朝里张望，看到了古旧的酒杯和扫帚。这座破旧而诡异的房子让我想起了女巫的家。我们终于在镜子前寻觅到了理发师的身影，她正在专心致志地打理她的卷发。我们轻轻敲了敲门。我害怕那个女人，她的放肆让我心生恐惧。

"啊，市场上的漂亮姑娘！"她微笑着让我们进门，手舞足蹈地向我们展示家里所有物件、橱柜、稻草椅、逝者的照片、盛满鲜花的花瓶。

"别担心，我丈夫出去了，午饭之前都不会回来。坐吧，随便坐。"

她指着厨房餐桌周围的椅子，开始在橱柜里摸索，准备咖啡。

"不好意思，家里没有饼干，平时没什么客人来。"

我和安吉丽娜环顾四周，我想，我们俩都在寻找人们口中她那不计其数的罪孽留下的痕迹。

"你缝的裙子真的好美。"她转向妹妹，说道，"我的钱花得不能更值了。"

"您那么慷慨地为我买下布料，我就想给您看看它做成衣服是什么样子。"

理发师身上有股滑石粉的味道，这气味让我不由得想起阿孙塔奶奶，她从肩到脚都抹着滑石粉。也许是因为这个原因，我心中浮现出一些褪了色的需要保护的东西，譬如衰老，譬如松弛的皮肤。

她在我们身旁坐下，我们三个人沉默地喝起咖啡。理发师时不时透过窗户望向花园，我一次又一次惊奇地盯着她不再光滑的胸部，然后目光下滑，仔细观察她枯瘦的脚，她的脚趾弯曲，大脚趾长得夸张。我感觉自己仿佛侵犯了某种隐私，也望向了窗户。天空中低云漂浮，和那天一样，但不知道为什么，却不再那么特别。一只麻雀栖息在晾衣绳上，小小的脑袋转来转去。"跟我来，我们干件事儿。"她把杯子放在桌上，突然说道。

理发师让我们站起身来，把我们带到了房子另一边的白色小门边。门把手锈迹斑斑，门框上的油漆也脱落了大半，隐隐约约露出腐烂发黑的木头。她用力按住已经老化的合页，打开了门。我们走进一间破旧的小浴室，浴室里有一个绿色的洗脸池，一个厕所和一个曾经最上乘的浴缸。她打开壁柜门，掏出一个盒子，里面装着化妆品、刷子和几只发卡。"快来，到我房间来。"

我们跟在她后面，我的目光再次停留在她的身上。她的双腿如此瘦削，乌黑的秀发在柔软的腰际起伏荡漾。

"姑娘们，坐这里吧。"她从容地催促我们，让我们坐在绿色木质梳妆台前的旧草椅上。这似乎是屋子里唯一免受蛀虫侵蚀的家具。

"这是我妈妈的。"理发师拿出一只银色发卡给我们看。

"真漂亮。"安吉丽娜感叹道，她紧紧抓住这只精致的首饰，轻轻抚摸上面的花纹，爱不释手。

"这是妈妈送给我的生日礼物，那时我只有十七岁，和你一样大。她希望我能在婚礼那天戴上它。她知道自己已病入膏肓，看不到我穿上白色礼服，戴上头纱的模样了，但是银色发卡可以陪着我等到那一天。"

她的眼中没有遗憾，只有温情的怀念。

"没有悲伤的回忆。"理发师很快说，她摆了摆手，仿佛要赶走烦人的虫子，"现在让我们捯饬捯饬你们的脸吧，姑娘们。"

我们俩都任由她摆布。看着镜中自己的脸，一种复杂的情感袭上心头。这当然不是我第一次照镜子，每天我都面对着镜中自己大大的嘴巴、棱角分明的颧骨、高高的额头，还有浓密的眉毛，勾勒出深邃清晰的双眼。但我从未把这张脸和美丽联系在一起。

"首先，让我们处理一下这张黄褐色的脸。"理发师转向安吉丽娜，继续说道。

理发师的声音甜美而温柔，如同玻璃瓶子上的丝质缎带。但这并不能消除我对她的恐惧，在我心里，她依然是危险的。就这样，她的声音似乎越来越弱，我无法清晰地分辨，也无法真正理解。

轮到我了，她用一把柔软无比的化妆刷轻轻扫过我的皮肤，染上一层浓厚的琥珀色，中间再刷上闪闪发光的金粉，这样脸颊就显得更加瘦削了。我惊讶地发现，这些粉末盖在我的脸上，但却没有遮住我右边颧骨上的痣，反而让它显得格外美丽。这颗痣是我从父亲那里遗传来的，是皮肤上一个微小的瑕疵，我以前从来没觉得，它是美丽的象征。

"现在轮到眼睛了。"她像小女孩炫耀自己的玩具一般，激动地惊呼，"绿色，绿色非常适合你白皙的肌肤。"

我的嘴唇颤抖起来。我低下头，咽了一口口水，然后任凭理发师再次用手指托住我的下巴。她的脸离我很近，近到我可以闻到脂粉甜腻的气味，这味道并不令人愉快，因为它掩藏了过去的余味，让我模模糊糊地想起了爷爷去世的房间里强烈的气味。正在发生的一切令我有些茫然无措，我环顾四周，回忆戛然而止。我又一次把目光落在理发师身上，她正在专心致志地完成安吉丽娜脸上的收尾工作，她的下唇咬住上唇，细长的假睫毛因为专注而不断颤抖。这样看着她，靠近她，我突然有种奇怪的感觉。安吉丽娜和她彼此相对，在我眼中，她们如同两个破碎的洋娃娃。这句话我差点脱口而出，仿佛是从房间某个不确定的地方，而不是内心深处传来。我感觉到一阵毫无缘由的悲伤，想起了我的母亲。我想，她是否比理发师幸福呢？我凝视着安吉丽娜单薄匀称的身形、波浪般的头发、喇叭状的裙子和贴身的深紫红色胸衣。她在微笑，而理发师正在为她涂上红唇。"这是画龙点睛的一笔。"她轻声说道。我想，她太美了，那个世界不会伤害她的。

理发师拿着口红凑近了我的脸，她呼出的空气里有草莓糖的味道，丰满的胸部不断起伏。我们互相盯着对方看了几秒钟，彼此都在研究对方的脸。接着，我再次望向妹妹，回忆起她出生的时候。"你生了个洋娃娃，卡特琳。"女人们看着妹妹说。"特蕾莎，别害臊。"她们对我说，让我去看看妹妹。她来到这个世界的那一天，阳光明媚，而这个故事的阳光，尽管依然满载着希望，却已经沾染了生活中所有阴暗的痕迹。

我也看了看镜子里自己的脸，皮肤染上了一层活泼的暖色，大大的眼睛如同月光下的水潭，反射出温暖的、金色的光芒。它们如此美丽，我不由得怀疑，这到底是不是我的双眼。

我想逃离这种幻觉，那张脸不属于我。

"我和安吉丽娜得走了。"我迫切地想要离开这栋房子。

"你们以后还要再来啊，我等你们。"她的声音里有一丝哀求。

安吉丽娜点点头。她看上去也有些古怪，也许她虚假的灵魂已经冲出了身体，在镜子的画面中找到了自己。

"下次见。"我的妹妹高呼，"下次再见。"

我们匆匆踏上了回家的路，在喷泉边用力洗去了脸上的妆容。安吉丽娜做梦一般恍惚地看着我，开始喃喃自语："我不想再过这种生活了，我也不想再穿这双鞋了，只有漂亮的裙子才适合我。"

"我知道，安吉丽娜，我知道。"我们拥抱着彼此，脸颊湿透，妆容尽失。

8

回到家，我们看见贾科莫坐在餐桌前，手里端着一杯普里米蒂沃酒，正在和爸爸讨论。

"你们爸爸和贾科莫都觉得，开发男爵的未耕地是属于农民的权利。"

妈妈挤干抹布，眼睛闪闪发光。她甚至没有注意到我们回来晚了，也没有注意到我们脸上仍然残留着理发师精湛技术的痕迹。

我有些局促不安。父亲正在讨论这些重要的问题，我和安吉丽娜有什么资格去想那些轻浮的东西呢？

不过我立马注意到，贾科莫停下来望向了我的妹妹。我很确定，他对她感兴趣。在他们俩之间，我似乎隐约看见了目光的交错，这目光如同天鹅绒般温柔。我本能地低下头，盯着磨损的鞋尖和绣花的围裙，但很快，妈妈的呼唤吸引了我的注意力。

"你们俩姑娘也和爸爸说说,这不是解决问题的方法。男爵那样的人会把我们大家都杀死的。"

父亲狠狠地拍了一下桌子,身体前倾,盯着我们所有人的眼睛。我从未见过他如此疾声厉色。他说,大街小巷都是忍饥挨饿的人,看到大家灰心丧气、畏惧死亡的模样,多么让人心痛。"还有许多被遗弃的女人,就像洛丽娜一样。你们觉得他们当中有谁做错了吗?贾科莫,你懂的,你知道我在说什么,我们得摆脱这该死的困境。"

父亲揪住裤子,握紧了拳头。我觉得他似乎变得年轻了,这几年浮现在脸上的疲惫仿佛烟消云散。他的脸愤怒得扭曲起来,但又充满坚定,自从遇见贾科莫之后,他好像不再试图扮演某种角色,这个年轻人的出现似乎足够让他的声音和相貌恢复如初,战争那几年掩埋遮蔽了他的这些特质,那是另一个纳尔多,一个坚强、骄傲、固执的青年。他明白,自己已经走到了十字路口,无路可退。要么就在那一刻奋起,要么再也不反抗。自从有了历史,不公就根植在这片土地上,贫瘠的荒野之间,无数被遗弃者的愤怒混合、迷失,藏在了父亲胸中。

妈妈也捕捉到了父亲脸上从未有过的那种眼神,那是一种义无反顾、绝不回头的神情。她把抹布丢在地上,妥协了。一只蟑螂在地板上快速爬行,妈妈烦躁地把它打死,然后用木屐轧了一遍,两遍,三遍。她扫视整个房间,开始在厨房里来回踱步,如同一只鬼魂,徒劳地四处乱转，企图排解痛苦。她无法逃脱那些回忆，房间、装逝者照片的秘密盒子、斑驳的墙，以及一种与生俱来的担忧，一齐压在她的身上。还有饥饿、生她的父母、镇上丑陋的老妪、当面斥责她的阿孙塔奶奶、皮尔逊男爵。她担心的究竟是父亲，还是男爵呢？最终，羞耻吞噬了她，她变得一无所有。只要没人说出这些事情，那就意味着它们没有发生。人类的呼吸从来不会表达这样的句子："我背叛了你们的父亲，我是为了你们，但我确实这么做了。"没有人可以证明她是一个背叛者，出于饥饿，出于爱情，她当了妓女。仅此而已。

妈妈抛却那些糟糕的念头，不再在房间里转来转去，她开始端详安吉丽娜，紧接着注意到了贾科莫如痴如醉的眼神，她什么都明白了。爱情总是冒失的，它的力量堪比淹没大地的洪流。

"你说得对，纳尔多，这件事必须做。占领，把土地从地主手中夺回来。为了我们的孩子。可怜的洛丽娜。妮妮娜。那姑娘以后可怎么办呢？"

她断断续续地说着，似乎找不到一条合乎逻辑的线索把这些词语串联起来。不过，她想说什么，意思很明显。孩子们长大了，而他们的父亲母亲只看到了眼前的危险。支配我们生活的法律属于一个可怕的时代，我们无法逃脱。说到底，我总是能明白妈妈的想法。也许正是因为这个原因，我一说话就结结巴巴，是因为我一直在犹豫，我找不到正确的词汇，因为正确的词汇根本不存在。我是镇上最沉默寡言的女孩之一，但这并不是病，只不过当我被叫起来说些什么的时候，我无话可说。在这片人们热衷于揣测、批判或赞美的地方，沉默是最好的铠甲。

"她很久以前就不怎么说话。"每当妮妮娜婶婶之流的长舌妇谈论我的生活方式时，阿孙塔奶奶都会这么说。因此，我即便满怀心意也说不出甜言蜜语，我的头发不够优美，我的生活没有激情。不过有好几次，梦中的我又是另外一番形象，穿着妹妹的塔夫裙，棕色的秀发梳成柔软的卷，清澈的眼睛闪烁着夺目的光芒。梦的灵魂转过身来看着我，摇了摇头。我朝它大喊："干什么？快走开！"东南风拍打着窗户，一个清丽的身影在小巷间奔走，我醒了。那是我，十岁时的我，追赶着妹妹的幻影。

9

"安吉丽娜，你看到贾科莫看你的眼神了吗？"

我们三个人坐在厨房里缝补爸爸的裤子和衬衫，上面全是在田间磨出的破洞。傍晚的宁静让心情也舒缓了下来，帘子的另一侧传来父亲平静的呼吸。整个小镇都很安静，男爵的农庄是一个遥远的世界，甚至连他的残暴也很遥远。

"妈，你在说什么呢？"安吉丽娜把衬衫放在腿上，望向街道。

"这没什么不好的，你已经十七岁了，是个女人了。特蕾莎，你说呢？"

我看到过他的眼神，散发着无声的言语。

"妈妈说的对，贾科莫看你的眼神，就是男人看喜欢的女人的眼神。"

"你怎么知道？"

安吉丽娜的语气似乎有些不屑，让我想起了小时候她指责我口吃和胆怯的性格时恶毒的话语。

"安吉丽娜，听我说，贾科莫是个很不错的人，比镇上大部分男人都强。"

妈妈抓住她的手，温柔地握了握。

"特蕾莎比我大，应该是她先考虑这些事情。我连温饱问题都不知道该怎么办呢。"

妈妈僵住了："所以你也像你父亲一样心怀天下？"

安吉丽娜站起身，把手放在水池上。她穿着棉衬衫，胯部很宽，腰身很细，曲线玲珑，凹凸有致。安吉丽娜和我们所有人都不一样，她天马行空，似乎迷失在了她阅读的那些书本里。她沉浸于异国他乡和遥远的海洋，所以听不到女人们和阿孙塔奶奶织毛衣时的闲言碎语，也听不到爸爸和贾科莫的高谈阔论。在她眼里，那个眉清目秀，脸颊总是脏兮兮的小伙子，只是一个不相干的人，属于那个她所憎恶的世界。不能否认，女巫的侄子很英俊，但是如果可以的话，她一定会像对待一只讨厌的虫子一样碾轧他。

"妈妈，你不明白，这是我的事情，与爸爸无关。我永远不会喜欢像贾科莫这样的人。"

妈妈叹了口气。"我有没有讲过我和你们的父亲是怎么相识的？"她凝视屋顶上方皎洁的圆月，"那时候我就像你一样，安吉丽娜。"她的目光在安吉丽娜身上停留片刻，缓缓说道："我瞧不起镇子上所有的异性。我走起路来都像个高人一等的小姐，似乎比科佩蒂诺所有的女人都优越。生活剥夺了我太多的东西。我那时候坚信，那些我没有的东西、我无法拥有的东西，都要靠我自己打拼出来，而不必向任何人妥协。"

我想象着，母亲骄傲地挺起胸膛，扬起下巴，在小镇街道上袅袅婷婷地穿行。波浪般的头发，钟形的裙子，还有精致的衬衫。在我心里，妈妈总是微笑着的，仿佛有一条看不见的线向上拉住了她的嘴角，让她得以避开生活的艰辛。在我心里，妈妈如同美国电影里的女演员，气质高贵，她在市场摊位间徘徊，路过的男人纷纷捂着胸口感叹："卡特琳太美了。"她一点儿也不喜欢被锁在屋里，在院子里清理鸡粪和树桩。她喜欢出门采购，会用蜜粉修饰脸颊，穿上漂亮的衣裳，即便那些身穿黑衣的女人偷偷看她，像小孩子讲悄悄话一样背地里闲言碎语，她也毫不在意。她是一个女王，对着泥坑里的水潭照镜子。饥饿与贫困让她消瘦，她便穿上美丽的裙子装扮自己，穷苦的生活令她锁骨分明，但她的双眼依旧璀璨，美得无与伦比。在我心里，妈妈少女时代的脸和安吉丽娜一模一样。我又想象起父亲那时的模样，他的鞋子上打了蜡，嘴唇间叼着牙签。

母亲一脸神往地讲起她与父亲相遇的那天的故事，我努力回忆着他们的结婚照片。

"那天是庆祝守护神的节日，下雨了。"她说。

她躲在伦齐亚的裁缝店下避雨，但屋顶太过狭窄，并不能完全遮挡住雨水。

"我全身湿透，这时候他从我前面经过了。"

先是他看着她，接着她也望向他。

画面一开始是静止的。他亮出伞，而她只是看着。最后，他问她："小姐，需要帮忙吗？"

"天啊，多么美好。"母亲回忆过往，把一切都化作一声叹息。她表情端庄，丰满的嘴唇绽放出优美的笑容。他把头发向后梳起，露出宽阔的额头。母亲让父亲一路护送，一直走到教堂，见到了圣人的雕像。

"那天以后，我们再也没有离开过彼此。"

我和安吉丽娜静静地聆听妈妈的讲述。她的故事太美好了，任何言语都无法与之相配。我们亲吻她的额头和她告别，让她留在窗前，继续仰望月亮，追忆过去。

然而到了晚上，我躺在床垫上，却久久无法入睡。我感觉到夜晚的潮湿从门口渗透进来，裹挟着各种各样的声音：滴答声，短促的沙沙声，此起彼伏的犬吠声。我焦躁不安，太多事情扰得我心绪不宁，其中最严重的，就是贾科莫对我妹妹的感情。

这个小女孩，从小说话就磕磕巴巴，在厨房里追逐取笑她的妹妹，和洋娃娃一起玩，给洋娃娃讲述她父母的故事。她总是默默地观察，充当他人生活里沉默的旁观者。而此刻，她盯着天花板，继而目光聚集在安吉丽娜身上。妹妹的身体不时颤抖，缓慢的呼吸戛然而止，片刻后又恢复过来。

妹妹，你梦到了什么？

时间改变了我们，但却没有让我们消失，岁月在我们身上一层又一层地叠加。

曾经我是女孩，现在是个女人，如今的我是过去那个孩子的结果。但是，自从我认识女巫侄子的那天开始，心中就有什么醒来了。那是一段旋律，无论我走到哪里，都会在我耳畔响起，在我脑海中萦绕，阻碍我的步伐。我试图把它抹去，但它就在那里。也许那个下雨天，妈妈也是这种感觉？

我激动地站起身，走向秘密盒子，把父母的结婚照紧握在手里。

我跪在窗户下的地板上，小心翼翼不吵醒任何人。指尖传来一阵奇异的酥麻，蔓延过我的手臂，到达身体的各个部位，急速而不规则地来回涌动。妈妈楚楚动人，她的头发挽成一个精致的发髻，如同光环一样笼罩在她的头上。爸爸目光清亮，厚厚的嘴唇上方，鼻孔稍稍扩张。他的嘴角弯成轻微的弧形，似乎马上就要放声大笑。

我凝视照片良久，什么也做不了，什么也听不到。很久很久以后，我抬起头，看向窗外的小巷。

10

第二天凌晨，男人们骑上自行车，自他们决定占领的田地出发，从一个农场转移到另一个农场，一天骑行了数十公里。

而我们妇女都集中在人民广场。

"我们现在该怎么办？"妮妮娜婶婶双手叉腰，率先问道。

洛丽娜还没有从黑人男友的离去中恢复过来。她骨瘦如柴，面如死灰，仿佛一只羽翼未丰的雏鸟，但那一天她却想参与进来。贝佩先生和布匹商皮努佐也来了。他们不想掺和农民的事情，但却好奇事情会怎样收场。

贾科莫已经和爸爸一道离开了。我想象他们在一起蹬着自行车，一直骑到阿尔诺的红色山丘上，或者从相反的方向朝着蓝色大海骑行，他们穿过了绿色的麦田和橄榄园，穿过了高高的草丛间纠缠的花朵，穿过了荆棘丛生的圣栎树林。

"男爵的走狗会开枪把他们全部杀死。"贝佩先生的女儿说。

"你真是个反动分子。"安吉丽娜轻蔑地说，"你太阴暗了，像蝙蝠一样总是活在阴影中，说三道四的。"

她们互相瞪着对方，僵持了好几秒。

"别吵了。"阿孙塔奶奶打破僵局，"我们的麻烦已经够多了，为了家里的男人，我们妇女必须团结在一起。"

反叛集团的领导是马格吉亚图，作为一名狂热的共产主义者，他意识到农民正在经历一场世纪性的转折。"今天将创造历史。"他兴奋地呼喊，激动地踏上征程。

他们就这样出发了，一群英雄，手里没有长矛，也没有盾牌。

时间渐渐流逝，春日灼热的阳光迫使我们挥动起围裙和手帕扇风。年长的妇女裹着沉重的黑色衣裳，汗流浃背，她们用手指肚从领口左边抹到右边，以减轻纽扣挤压带来的紧绷感。我们挤在钟楼的阴影里，阿孙塔奶奶从包里拿出一块硬面包传给我们，没有人有勇气回家。

差不多到了中午，我们远远地看见了圣约瑟教堂的牧师马里奥先生的身影。他双手提起长衫，大步流星，但他年纪大了，干瘦的双腿因为步伐的加快而显得有些蹒跚。

"他们开枪了，他们开枪了。"他沉重的声音在广场的白色石板上空回荡，仿佛来自一个平行的世界。

阿孙塔奶奶扯住自己的头发，接生婆捂住胸口，洛丽娜一遍又一遍画着十字。残酷的命运又一次袭来，我和安吉丽娜惊慌失措地看着妈妈，但却没来得及说话。女人们如同一群逃亡者，向马里奥先生奔去。

"去教堂，我们去教堂吧。圣约翰会帮我们的。"牧师远远地大喊。

我也开始奔跑，我跑到妈妈身边，安吉丽娜落在后面搀扶阿孙塔奶奶，奶奶的步伐还有些犹豫。我不断地回头，惊恐地看着她们。我想起了爸爸，也想起了贾科莫，我还没有准备好失去他们当中的任何一个人。

几个女人时不时呼号着她们的儿子或丈夫的名字，叫声仿佛悬挂在石灰墙的钉子上。钟声开始疯狂地响起，似乎在呼唤小镇上的所有人。与此同时，女人们的哀叹声爆发开来，沸腾起来。每个女人都开始流泪哭泣，用苦涩的话语咒骂天空，咒骂天堂的圣徒，每听到一声亵渎，马里奥先生便不得不画一次十字。

接着，大家都涌入教堂。贝佩先生和布匹商也一同走了进去，但他们留在最后一排，似乎不想打扰其他人的痛苦。

马里奥牧师点燃所有蜡烛，跪在祭坛前，双手托住脸。他那患有关节炎的膝盖不断颤抖，长袍拖在破损的教堂地面上，窸窣作响。

我想起来，前一天晚上我就感觉到了一些征兆。我从床上醒来，抓着父母年轻时候的照片，好让父亲的脸在我心中留下深刻的印象。爸爸死了，男爵的家丁杀死了他，而我像女巫一样，在他活着的时候就预感到了这一切。我还想到了更多：也许男爵是故意选择他的，索祖·纳尔多，因为战争期间，男爵霸占了他的妻子，掠夺了她的肉体。他给了她钱财和美味的食物，而其他人不过用鸡蛋交易而已。这是皮尔逊男爵的复仇。如果无法再拥有她，卡特琳·索祖，那就把她的丈夫杀死。

我摇摇头，闭上双眼。事实似乎一目了然，但我不愿相信它是真的。

我看着其他人，她们垂头坐在教堂的长椅上，面色苍老泛黄，伤心欲绝，半死不活，疲惫不堪，奄奄一息，艰辛的生活似乎已经令她们筋疲力尽。阿尔诺战役中每一个新的阵亡者对她们当中的每个人来说，都是无法弥补的损失。战争期间那些年轻的女人和母亲也是这种感觉吗？我们的父亲、配偶、兄弟从照片中看着我们。我们不知道他们是否会再次拥抱我们，他们是否还能活到二十五岁，三十岁，四十岁，看到他们的女儿长大，嫁作人妇。

如果那天不得不在父亲和贾科莫之间做出选择，我也不知道自己究竟希望得到怎样的结果。说到底，女巫的侄子对我来说什么也不是，我们的视线甚至从未交错，可即便是这样，我也不想放弃。

我迷失在这些思绪中，突然，街上传来一阵喧哗声，我们所有人都跑了出去。

"纳尔多！"妈妈大喊。

"我的儿子，我的儿子。"阿孙塔奶奶用手捂着脸，极尽所能地加快步伐，飞速穿过教堂中殿。

"爸爸。"

两个男人撑着爸爸，他的双脚软绵绵地拖在地上，仿佛残废了一般，但他还活着，我的父亲还活着。

"卡特琳。"父亲抬起头，艰难地开口。

他的额头上有伤，大概是枪托砸的。他露出一个溃散的微笑，又垂下头去。

"我的儿子，我的儿子！"阿孙塔奶奶又大叫起来。

那一刻，"儿子"这个词对她来说也许就是最强大的护身符，能够保佑我父亲幸免于难。

"把他带回家，快点。"妈妈催促道。

他们带着爸爸穿过厨房，让他躺在床上，爸爸露出痛苦的神色。

其他女人也成群结队地跟在后面。"女士们，留在外面吧。"爸爸对她们说。他们把帘幔放下，就这样，我和安吉丽娜也被隔在了帘子另一端，看不到里面发生了什么。

马里奥先生陪着其他男人也都到了。

"还发生什么事情了？"妮妮娜婶婶问。

一名雇农摘下帽子，重新压实在头上，目光瞟向接生婆的方向。

"怎么了？"她大喊。

"怎么了？"

有两个人开口了。

"他们开枪了。"第一个人说。

"他们打死了他。"第二个人说。

最后他们一起说道："马格吉亚图死了。"

11

马格吉亚图不是圣人，我们都知道，但这并不能阻止接生婆惊惶失措地环顾四周。她心慌意乱地呼唤丈夫的名字，仿佛他是这个世界上最好的男人。

她开始沿着街道狂奔，妮妮娜婶婶和其他几个年轻些的女人紧随其后。鸟儿似乎也预感到了灾难的降临，它们一齐飞上天空，到处扑棱着羽毛。

我也出来了，我不知道自己在寻找什么，双眼不自觉地东张西望。小巷里蹿起一股西风，空气里弥漫起一股油烟味，是烤肉的香气。浓烈的香味随着风向来来回回，有人在烤羊。

"是男爵的走狗。"一个农民直直地盯着我，低声说，他眼神暴怒，"他们打我们打得饿了。"他朝着前方吐了一口口水。

"贾科莫怎么样了？"我问他，"就是女巫的侄子……"

那农民走到前面的空地上，抬头望着栖在屋檐上的鸽子："他们抓住了他，把他带走了。活着，他还活着，但是他们用枪托打了他，把他装在一匹马上。"

我的身体晃动了一下，妹妹抚摸着我的肩膀，我才重新站直，振作起来。

"爸爸想见我们。"

妈妈脱去父亲的衣服，把他的身体清理干净。阿孙塔奶奶虚弱地瘫在椅子上，看着他。奶奶喃喃自语，感谢炼狱中的神灵拯救了他的儿子，虽然饱受摧残，但至少还活着。女人们圈成一个半圆，围绕在父亲身边，妈妈挨个儿看着她们，她们共同经历了战争的艰辛。这些女人曾经偷偷窥视她，她们裹在柔软的丝质披肩里，这样，那些闲言碎语便成了秘密。奶奶说，流言无处不在。

妈妈直直地立在父亲身旁，紧贴着这具散发着血腥味和泥潭恶臭的身体，仿佛想向所有人展示，她可以像这样永远留在卧床的丈夫身边。

"他们把贾科莫带走了。"爸爸说。

我紧紧盯着安吉丽娜的眼，想看看她听到这则消息的反应，但她无动于衷。即便贾科莫真的离我们而去，也不会在她心中留下任何伤痕。

女人们开始交头接耳，窃窃私语。阿孙塔奶奶突然中断了她对神灵一连串的感激，"可怜的小伙子，他不该是这个下场。"

出于对女巫的尊重，她打起精神，挺直胸脯，仿佛坐在覆盖着稻草的宝座上。"大鱼吃小鱼。"她说，"古往今来都是如此。若是小鱼想变得强大，大鱼在那之前就会把它干掉。"

女人们念叨着这句话："大鱼吃小鱼。"她们不断重复。我们的命运吸引着她们，我们一直都明白这一点。女人们翻来覆去地念着，阿孙塔奶奶坐在她的稻草宝座上，点着头，轻轻晃动脖子。

12

人们把马格吉亚图的尸体运了回来，接生婆拉扯着自己的头发。

"他们把他放在棺材里带给我了。"她大声号叫。

马格吉亚图的脸被划破了，有些肿胀，身上弥漫着硫黄味和烟味，混合着腐烂的气息，掩盖了棺材四周放置的花朵的香气。镇上的人都不喜欢马格吉亚图，但所有人都来参加了他的葬礼，所有人都哭了。

"他现在和圣人一起住进了天堂。"阿孙塔奶奶安慰接生婆，"那里不会再有不公。"

接生婆点点头，说道："谢谢，谢谢大家。"

她听着大家的安慰，表示赞同，然而当布匹商提起命运的问题，说我们每个人的故事都已经被写就，她开始高声尖叫、诅咒，这是她从未做过的。"命运是不存在的。"她大喊，"我们自己就是自己的命运，没有人可以反抗地主。"她侧目看了看我的父亲。

那时候，我不相信命运，我坚信我们自己是自己未来的建造师，然而现在我却觉得，我们没有这种力量，我们只能决定如何面对降临在我们身上的一切。

葬礼上，我看到妈妈紧紧抓住爸爸的双手，爸爸活着回到了她的身边，她再也不想让他离开我们了。

她脸色苍白，鼻尖泛红，那是流泪过度的痕迹。不知道她有没有一点点想起过贾科莫，想起那些人对他做的事情。我想，镇子上会有多少人为女巫侄子的命运而感到痛苦呢？父亲试着告诉大家，贾科莫消失了，我们应当去告发男爵，但其他人都低下了头。

"如果你这么做，男爵的走狗第二天就会杀了你。"妈妈说。

就连我的父亲也垂下目光，投降了。他的愤怒如同黑暗房间里的火苗，闪烁了一下，随后便熄灭了。沉默再次取得了胜利。

在马格吉亚图的葬礼举行后的第二天，我主动去贝佩先生那里购买厨房佐料。他的店里总是充斥着流言蜚语，若是有什么消息，那里一定是最先知道的。贾科莫一定还活着，一切只是时间问题，我要做的就是等待。然而没有人知道，面对我的问题，贝佩先生的女儿耸了耸肩，她那魔鬼般的脸庞上浮现出一种我从未见过的宽容。

一个星期过去了，等待的时间如此漫长，似乎永远不会结束。爸爸的身体已经康复，笑容也重新回到了妈妈脸上。四月底了，我再次来到贝佩先生的店里，购买无花果干和肉桂。我盯住店主女儿的脸，她摇了摇头。她已经知道我要问些什么了。回家以后，安吉丽娜提议再去一次理发师家，让她给我们捯饬捯饬头发。她想再穿一次塔夫绸连衣裙。我简单地说了声不，我没有力气和她吵架。我觉得我长出了第二副身体，它潜藏在我原本的身体里面，沉淀在底部，能够感觉到更深层次的东西。它拥有第一具身体无法拥有的直觉、预感，还有一种模模糊糊的感觉。只有妈妈能看到这副身体。

"特蕾莎，你有心事。"一天晚上，妈妈背着安吉丽娜对我说。

"她看起来很开心，一点也不担心。她怎么能这么没心没肺呢？"我问妈妈。

"你妹妹并不坏，她只是有些不一样而已。她觉得自己与众不同，这种东西有时候是一种天赋，有时候也是一种惩罚。"

我想起她是如何坐在窗前度过一个又一个夜晚的。家里寂静无声,她借着烛光阅读她的小说,目光划过书本的每一行、每一页。她喜欢那些复杂的爱情故事。有时候我很羡慕她,因为她可以待在任何她想要的世界里。有一次,我也尝试着读一读她喜欢的故事,但看了几页就停了下来。我更喜欢看着她。她如饥似渴的眼神突然变得害羞而困惑。我假意走开,躲在秘密盒子后面继续偷看她。我很喜欢望着她阅读的模样,还有妈妈缝制衣服的模样,对我来说这是两个完美的画面。等到大家都昏昏欲睡,我就端详爸爸和妈妈的照片。照片上那个女孩带着充满希望和恐惧的目光投向我,羞怯地微笑着,一派天真无邪,却又遥不可及,仿佛她也无法入睡。街道上传来一阵微弱的嘈杂声,把我拉回现实。那一刻我觉得自己对这一切都感到厌烦,科佩蒂诺、男爵,甚至马格吉亚图。我讨厌安吉丽娜,也讨厌自己。

我从未向母亲坦白过我的心事,但我一直觉得,她什么都明白,甚至比我自己还清楚。

一天清晨,阿孙塔奶奶气喘吁吁地赶来。

"男爵,男爵来了。"

爸爸和镇上的其他男人还在田地里干活。

我们女人奔向广场,老人和孩子步伐稍慢些,跟在后面。我们尚且什么都没看到,似乎就已经败下阵来。我的心脏疯狂跳动,安吉丽娜紧紧靠在我身边。

"他会活着的。"安吉丽娜紧紧握住我的手说道。那一刻，我终于重新感受到她是我的妹妹。

她默默地见证了我的痛苦，现在又这样安慰我，就像小时候我们挤在床上祈祷爸爸回来那样。年纪大些的妇女都躲在墙边遮阴。妈妈站在我们旁边，我感觉到其他女人的肉贴在我的身上，散发出汗液、洋葱，还有涂在身上的滑石粉的味道。

我恶心得几欲呕吐。

几个老人不时大喊马格吉亚图的名字，嘶哑的声音回荡在空中。接生婆抽了抽鼻子，强忍住泪水："我要杀了他，我受够了，强盗。"她自言自语，其他女人围在她身边，让她冷静下来。

"不能再有人死了。"大家纷纷重复着这句话，轻声的耳语再次蔓延开来。

远处，四匹马停在了小镇广场上，几个老人围成一圈站着。站在最高处的是男爵，后面站着他的爪牙，脸上有疤，一只眼睛歪斜。还有一个年轻人，皮肤像女子般光滑，眼睛炯炯有神，高高的额头上生着浓密的头发。站在队伍最后面的是男爵另一个爪牙，背着一具脏兮兮、软绵绵的身体。

"贾科莫。"我喃喃自语。从来没有哪一刻像现在这样，我感觉到一根看不见的、脆弱却真实的线把我们连在了一起。

男爵没有做任何解释，他抬起一只手，原本窃窃私语的老人和女人立马缄默了。他解下带有坚固铜扣的腰带，盘在拳头上，抽了长筒靴一鞭子，发出清脆的声音，如同一声枪响，回荡在广场上空。

"那些事情本不该发生的，都是意外。"他说，"但是如果有人未经允许就胆敢叫嚣，难保会出现这种情况。有时候也许是丢掉食物，有时候是丢掉面子，也有时候是丢掉性命。"

他恶毒地冷笑一声，与那个我和安吉丽娜幼时迷恋的正人君子相去甚远。

"你们把这个小伙子带走吧。"他示意那个爪牙把背上的身体丢在地上，"他不是本地人，不知道这里是什么情况。如果你们当中有人在乎他的话，最好教教他这里的规矩。"

他试着寻找妈妈的目光，颔首致意。但妈妈撇过头，朝地上吐了一口唾沫。

"这是我儿子。"男爵指着身后的英俊青年继续说道，"他自小就离开家乡，去北方学习了很多年。那里是另一个世界，一个现代化的世界。"他的食指在空中飞舞，如同一位高谈阔论的大师，"那里和我们这儿可不一样，不过你们要知道，很多事情是无法改变的，改变并不是什么好事。到现在为止，大家一直都很尊重我，那么从今以后，也希望你们同样尊重我的儿子。他的名字和我父亲一样，叫作朱塞佩。朱塞佩·皮尔逊先生。"

朱塞佩·皮尔逊，我小时候见过他几次。安吉丽娜那时候还很小，应该不记得了。那是在圣约瑟教堂，男爵让牧师为他的儿子赐福。牧师端着圣水围着小男孩转圈，我和小男爵的视线一交错，便立刻意识到，我们是由两种完全相反的物质组成的。我穿着破烂的衣服，灰头土脸，头发脆弱稀疏，眼神躲躲闪闪。而他在祭坛上高声朗读福音，声情并茂，好像在表演一般。他是男爵的儿子，我是小女孩特蕾莎·索祖。我和他俨然是两种截然不同的人生。

贾科莫试图从地上爬起来，我看到他脸庞肿胀，一只眼睛又红又肿。他转向男爵儿子的马，朝他的方向吐了一口口水。皮尔逊男爵立刻重新把皮带绕在拳头上，女巫侄子的背上响起了清脆的皮鞭声。我的胃烧得厉害，一只粗糙而坚硬的拳头堵在喉咙里，我吞咽不得。

妈妈和阿孙塔奶奶赶紧跑向贾科莫，扶他站了起来，她们请求围观的女人一起帮忙，但那些人什么也没做，只是沉默地站着，手臂如同残废一样挂在身体两侧。说到底，女巫的侄子对她们来说意味着什么呢？不过是个异乡人而已。

这样的画面压得我身体麻木，我曲起双腿，蜷成一团，仿佛一块浸在沸水里的羊毛。从那一刻起，我开始痛恨男爵，这种恨和之前所有的厌恶都不同。以前，我对他的恨意和别人是一样的。穷人反抗富人，主人压迫奴隶。但现在不一样了，我感觉到自己终于看穿了男爵的本质，他麻木不仁，拥有强烈的占有欲。也许他和妈妈在一起的时候也是这样。他占有她，那种占有感令他陶醉，看见农民弯着脊背在他的土地上劳作，也是这样的感觉。在他古老的封地上，他控制着所有人，也掌握着所有人的命运。

我闭上眼睛，任由仇恨在我的血管里蔓延，如同麻醉剂一般，让我的呼吸平静下来。当我再次睁开眼，母亲和奶奶已经扶着贾科莫近在咫尺了。我屏住呼吸，一言不发地看着我俩之间的距离。他看着安吉丽娜，但我并没有生气。我小心翼翼地守护着心底的秘密，这秘密是我的事情，足以让我感到快乐。我永远不会真正地嫉妒安吉丽娜。我爱她，她仿佛就是另外一个我，是我形影不离的影子。你是我的，我是你的，永远都是如此。然而，安吉丽娜的眼神令我毛骨悚然。我和贾科莫都看着她，而她却以一种奇特的方式注视着男爵的儿子，露出阅读小说时那种如梦似幻的表情。是什么打动了她？是宽阔的额头上散落的黑色卷发吗？是深邃而流转的眼睛吗？还是与那无法解释的温柔目光形成鲜明对比的方下巴？

"美丽是我们的罪过。"我喃喃自语，那一刻我终于意识到，朱塞佩·皮尔逊的双眼已经俘获了她。他朝她微笑，我看到她的胸脯轻颤，欢快而又忐忑。她看着男爵的白马踩在广场的地面上，像在梦中一样呼吸。她幸福得如同天使，没有躯体，不会衰老，不会受伤。

伟大的摩西

1

父母家的大门和门框已经发灰，一些地方也被蛀虫吞噬了。秘密盒子还在那儿，但盒子洋葱似的小脚似乎摇摇晃晃，如同踩着高跷的芭蕾舞者。院子里的地砖上，覆盖着一层淡黄色的、潮湿而黏腻的尘土。

"时光飞逝。"妈妈靠着我的胳膊对我说。她依偎在我身边，我们一同望着杨梅树，尽管瘦小而歪斜，但它依然存活在我们的花园里。

最近这段日子里，我们走遍了小镇的大街小巷。我觉得这里的一切似乎都变小了，就连钟楼也不似童年时那般高大巍峨。

昨天有圣·约瑟的仪仗队游行，爸爸坚持要去看看："这是最后一次了，我不想错过。"他抬起上半身说道，这两个月，他的身体一直都僵硬而消瘦。

妈妈坚决反对，天气太热，人太多，太累了。但爸爸不以为然，从年轻时候起他就一直很固执。

"你觉得呢，特蕾莎？"父亲问我。他越来越小的眼睛里有种细雨般浓密的东西。

"我觉得可以，爸爸，你想去就去吧。"

他轻轻点头，然后把头扭向了另一边，承受女儿的目光对他来说似乎很困难。

父亲沿着家门前的街道慢慢行走，我和母亲紧紧搀扶着他。天空中飞舞着许多燕子，父亲不断抬起头欣赏它们。他时不时露出微笑，仿佛燕子向他揭示了某种真相。

"我想再听一次单簧管。"他说，单簧管一直都是他最喜爱的乐器，"我想再看看镇上的房屋、教堂和广场，看看这所有东西。"

我明白，他想追溯一切，作最后一次告别。我顺着他的心意，痛苦却又甜蜜。我用力忍住泪水，让自己显得坚强一点。漫步在街道上，我时不时把头转向另外一边，落下一滴泪来，但只有一滴。爸爸愉快地朝着向他打招呼的人致意，继而又欣赏起燕子。"欢迎回来。"他轻轻说道，目光追随燕子飞行的轨迹。

走到最后，他需要耗尽力气才能挪出很小的一步，他呼吸急促，神情孤寂，看见他这副模样，我感受到一种无法言喻的痛苦。我这一生都在试图赋予那些并不必然拥有的东西以意义。

秘密盒子里有三张相片：第一张是爸爸妈妈结婚当天的照片，第二张是安吉丽娜在圣玛利亚·安农齐亚塔教堂前的结婚照，第三张上面则是我和我丈夫婚礼那天的场景。我头戴雏菊花环，我的丈夫穿着白色衬衫，套了一件双排扣西服，没有打领带。他对着镜头微笑，我的目光却转向了他。那天有许多美好的回忆，但这当中最让我记忆深刻的是，那时我依然认为自己是个平庸的小姑娘，是丢到人群里就会被淹没的角色，但现在我觉得，自己是独一无二的。

我仔细端详这些旧照片，这三张图片凝结了我们整个家庭的命运，与我们的人生交织在一起。

这时，妈妈过来了："特蕾莎，你爸爸快不行了。"

妈妈紧紧抓住她和父亲的合照，那是他们这一生中最幸福的时光，她叹了口气："特蕾莎，你敢相信吗？时光飞逝，一眨眼就过去了，一切都会化作灰烬。"

她的声音很轻，以防被父亲听见。父亲躺在床上，我和妈妈为他穿戴整齐，套上闪亮的夹克，系好纽扣，穿上抛光的鞋子。他让我们把镜子拿到他面前，他想照镜子，但却走不过去。

"让我一个人待一会儿吧。"他说，"一会儿就好。"他的语气无限温柔。

我们去了厨房，妈妈煮起咖啡。我听到爸爸轻声细语地呼唤着自己的名字，纳尔多·索祖，索祖·纳尔多。他看着镜中全副武装、衣冠楚楚的那个人，仿佛在欣赏另一个自己，一个已经死亡，准备好迎接泪水的自己。

我和妈妈坐了下来，小口呷着咖啡。泪水缓缓滑过她的脸颊，她眼睛周围的皱纹愈发浓密。我静静看着她，她用超市里买来的香波洗过了头发，发间掺杂着银丝。她的嘴唇变薄了，呈现出尚未成熟的李子的颜色。

"我必须告诉他，特蕾莎，我要告诉他一切。我向你奶奶承诺过，你记得吗？他不知道我做了什么，就这样离开，这对他来说不公平。"

我低垂双眸，我不知道真相是不是永远都是对的。

我站起身，透过帘幔偷看父亲，他又一次躺下，进入了梦乡。偌大的双人床上，纳尔多·索祖穿着只有在周日和重要节日才会穿的体面衣服，像孩子一般幼小而瘦弱。

"好梦，爸爸，我爱你。"

2

那是一九五〇年的夏天，过去的几个月里，安吉丽娜变了许多，她的身材愈发曼妙，但表情也愈发冷漠。我也变了许多。贾科莫的伤痊愈了，他从受到的侮辱中恢复了过来，不再愤懑，开始殷勤地光顾我们的房子，每周日与我们一起共进午餐。日子一天天过去，我心底那种新鲜而甜蜜、柔软而复杂的情绪，似乎蠢蠢欲动，叫嚣着想要喷涌而出。

一天早晨，妈妈拿出了免遭法西斯掠夺的大桶，灌满水放在院子里，掺入草木灰，浸入床单。这是她每年都会进行两次的工作。她还会让我和安吉丽娜泡进水里，用力擦拭我们的皮肤，清理每一处死皮。

她欣赏着我们年轻红润的身体，惊呼："我的女孩长大了。"妈妈也依然美丽，只是岁月流逝，她的光芒渐渐暗淡，她是一朵昨日的鲜花。

洗完澡以后，我和安吉丽娜在卧室里擦干身上的水分，对着镜子观察自己的身体。我们的身体完全不同，她的臀部柔软而饱满，腹部圆圆的，胸部丰盈。而我却很瘦，胸部干瘪，细窄的臀部显得腰肢宽大，但双腿修长纤细。

"你真漂亮。"她对我说。我知道她是真心的，这是我人生中第一次相信自己的美丽。

爱情是只属于我的秘密，我明白它会让我变得脆弱，然而我却感觉到自己更坚强，更勇敢，更坚定，更有力量。安吉丽娜看着我的眼睛，坦白了她的秘密："我恋爱了，特蕾莎。"

我屏住呼吸，一定是贾科莫。他们之间的爱情将昭告天下，很快他们就会结婚了，生一群漂亮的孩子。那个我孤独爱着的男人，我每晚睡觉前叹息着魂牵梦绕的男人，将会成为我外甥的父亲。也许我会永远爱他，他也会永远爱安吉丽娜。这一生，我和他都会紧紧追随着妹妹。

安吉丽娜抓起我的手，紧紧握住。

"特蕾莎，我知道你不会相信我，但这是真的。"整个房间天旋地转，我的胸口似要爆炸，"我爱上了男爵的儿子，朱塞佩·皮尔逊。"

她一五一十地向我讲述她对朱塞佩的爱，她惊奇地发现，他的身体如同橄榄树粗糙多节的树干，根植于长满石头的大地。

朱塞佩·皮尔逊？我双腿发软，房间似乎依然在旋转。我听到身体里有一个声音在低语，这不是真的，这份感情是不可能的。"大鱼吃小鱼。"阿孙塔奶奶不是经常这么说吗？你的心口会生出一个洞，就和西米鲁塔家的墙洞一样大。人们都说，那道圆形的、深刻的缺口是魔鬼的杰作，把老长舌妇的灵魂带入了地狱，因此所有人看到这个洞，都会画起十字，向耶稣祈祷远离魔鬼。那么安吉丽娜的秘密是否也会像毒药一般散布在大街小巷，带来这样的缺口呢？或许，皮尔逊本人就是那个魔鬼？

"这不可能，安吉丽娜，你知道吧？你永远不能……"这些话堵在我的喉咙里，我又开始像小时候那样结结巴巴了。

妹妹显得有些失望，她从床上抓起衣服迅速穿好，仿佛我再也不值得她分享内心的秘密。她棕色的双眼水汪汪的，闪烁着美丽的光芒，几乎可以说话。我在她身上看到了一种与恐惧交织在一起的喜悦，如同新酒中的浮渣。如果说我的单相思让我变得坚强，那么她的爱只会让她脆弱。在她生活的那个倒置的世界里，有很多奇迹，主人和奴隶握手言和，在同一张桌子上吃饭，年轻人都像男爵一样微笑，露出健康精致的牙齿。她的心已经抛弃了这片土地上的东西：面包、争夺田地的战斗、杀戮。我们所有人都可以死去，房屋化成灰烬，道路布满泥泞和被伐倒的大树。她轻快而无忧无虑地行走在尘土与树叶上。

"安吉丽娜，你做了什么？"我难以置信地盯着她。我为自己裸露的身体感到羞愧，脊背一阵凉意，"如果爸爸发现了怎么办？如果男爵发现了呢？"

她耸了耸肩，似乎下一秒就要哭出来了，但态度依然很坚决。

"他也爱我，他是这么对我说的。"

3

从那天起，她便迷失了方向。她在屋子里彷徨，如同陷入痛苦的幽灵，试图在阴影与黑暗中寻觅一线光亮。她每次都会以拜访裁缝为借口离开家门，但我知道她是去找他的。一想到小男爵将她拥入怀中，我的胃里便翻江倒海。

圣诞节已经过去好几天了，家里乃至整个小镇上都充满了不安的气息。为了争夺土地，几位工会领袖发起了好几次运动。过去几周里，爸爸和贾科莫也再一次为了农民的权利热血沸腾。普里亚和南部的其他一些地区进行了土地改革，将部分未耕地授予了农民，但改革却未曾动摇阿尔诺的土地。

"你们难道忘了马格吉亚图，洛丽娜的未婚夫，还有许许多多勇敢的基督徒在斗争中付出了怎样的代价吗？"然而，妈妈的劝说阻挡不了他们。

我喜欢看着他们满腔热血的模样。这让我既兴奋又焦虑，我成天唉声叹气。晚上睡觉的时候也是如此。我和安吉丽娜躺在一起，沉默地盯着天花板。黑暗笼罩着我们，每个人都怀揣着自己的秘密。我们什么都没有说，但却似乎都在低声呼唤着自己爱人的名字，它们在屋子里吱吱作响，化作小巷和街道上的哀叹。成年人都在为权利、为土地、为自由而斗争，而我们却在为我们的心斗争。爱情引导着我们的步伐与思想，但没有人注意到这些令我们无眠的心事，只当作是孩子的玩笑。

十二月二十八日黎明，爸爸，贾科莫，阿尔诺地区的其他农民，还有一大帮工会成员浩浩荡荡地出发占领土地，妈妈和阿孙塔奶奶为此忐忑不安，但我和安吉丽娜心中各怀秘密，无法分担她们的心情。我只知道妈妈在织布机前度过了一夜，她疯狂地工作，埋头编织，不时用指腹轻抚毯子，检查上面的经纱。她沉重地叹息，然后重新开始有节奏地敲击。我没有勇气打断她。我本来也该为贾科莫而担心，但在生命中那个阶段，我一直相信不朽，不朽的我，不朽的安吉丽娜，不朽的贾科莫，涉过青春的无畏之水，任何人都是不朽的。

他们出发的时候，阿孙塔奶奶和妈妈在厨房里祈祷。她们头戴黑色面纱，指尖握着念珠。

"我们出去吧，看看有没有人有消息。"她们突然说。

我和安吉丽娜跟在她们后面。路上狂风骤起，衣裙飞舞，树叶飘扬。几个女人站在家门前，朝过往的路人张望。她们把拳头放在腰侧，向我们点头致意。贝佩先生待在店外，假意和我们那条路上的大楼负责人攀谈。负责人年事已高，鬓角也没了头发。贝佩先生的女儿则躲在柜台后面偷看。我们四个紧紧捂着衣服和披肩走在路上，经过了西米鲁塔家门前。看到墙上的大洞，奶奶立马画起十字。不一会儿，西米鲁塔就从昏暗的厨房里走了出来，她站在门前监视路过的行人。"魔鬼要来了。"她画着十字说，"这是罪恶的一天，死神擦肩而过。"

妈妈拉住阿孙塔奶奶的胳膊，但奶奶已经怒火中烧。她折返回去，双臂交叉，站在西米鲁塔面前。

"别在这儿装神弄鬼，我看你的身体里就住着魔鬼。"她朝着前方地面吐了一口唾沫。

"我们要为罪人祈祷。"老妪说，"我也会为你祈祷的，还有你的儿媳妇，我们都知道她犯下了不少罪过。"

夜幕降临，昏暗而又寒冷。北风不时呼啸而过，带来几滴冰冷的雨水。

我们回家了，但是男人们还在外面。妈妈如坐针毡，开始在厨房里转来转去，阿孙塔奶奶手里攥着念珠，让我和安吉丽娜同她一起祈祷。

直到黎明时分，爸爸和贾科莫才回到家里，他们又累又饿，但没有受伤。

妈妈紧紧拥抱爸爸，爸爸挣脱出她的怀抱，认真地看着她的脸说："他们会屈服的，卡特琳，这次我们能赢。我们每天都拿着干草叉驻守在田野里，直到他们满足我们的要求。"

十二月三十一日，他们又出发了，甚至连元旦那天也如此，这样的日子几乎已经成为一种习惯。他们握着干草叉，我们握着念珠。我们坚信，只要不断祈祷，命运就会帮助我们，然而，一九五一年的第一天，命运背弃了所有人。

人们常说，事与愿违。事实确实如此。我们本该预见自己的命运，了解自己的命运，就像了解日夜陪伴在自己身边的人一般。

晚上，我们在热汤前坐定，爸爸一身泥泞地回来了。

"发生什么了？"妈妈大喊。

"警察。"爸爸嘟哝着，"他们被激怒了，开始到处打人。"

"天哪，他们开枪了吗？"阿孙塔奶奶问。

"没有，但是有人被抓走了，他们没收了我们所有的自行车。我想办法逃了出来，但贾科莫……"

"贾科莫怎么了？"我问，"他们对贾科莫做了什么？"一阵冰冷的风窜进我的血管，这风足以吹黄树叶，吹折树木。

"他们抓住了他。贾科莫被捕了。"

爸爸还在说话，这时，巷子里传来了一阵嘈杂声。

"天啊，天啊！"几个女人大声号叫。

我们冲了出去，广场那边升起了一朵灰色的云。

"发生什么事了？"爸爸在大街上逮住一个老人发问。

"自行车。"老人说，"他们收了一堆自行车，全部都烧了。"他流着泪说道，一只手从脸上移到帽子上，接着又移回脸上。

"自行车。"爸爸喃喃自语。

安吉丽娜和我面面相觑。周围的一切都分崩离析，我们还有什么资格想着自己的秘密爱情呢？

那辆东倒西歪的自行车是父亲白天跟着其他农民一起跨越好几公里，去农田里干活的唯一交通工具。夺走自行车就好像砍断了他们的一只胳膊，让他们全都成了残废。

"贾科莫在监狱里，自行车也没了。"

他看着妈妈，眼眶湿润："对不起，卡特琳，这和你嫁给我时我的设想完全不一样。"

妈妈扑进父亲怀里，他们拥抱着彼此，在广场上轻轻摇晃，如同故事结局里的爱人。

4

接下来的几个月里，我不断地出入裁缝店，缝制衣裳，帮妈妈修修补补，但却看不到光。我呼吸不到窗外涌进的新鲜空气，听不到妹妹和爸爸说的话，也听不到奶奶的祈祷。我如同一只弹簧娃娃，亦步亦趋地挪动，却无法选择前进的方向。我甚至向安吉丽娜求助，让她恳请她心爱的男爵做点什么，好放了贾科莫。

我清楚地记得当我请求她时她的眼神。她没有勇气说话，但她的眼神如同葬礼上的哀歌盘旋在我的头顶。"我不能，特蕾莎，不要问我这个。"她悲伤的沉默刺痛了我。我感觉到自己的脑子里有一只愤怒的疯狗，它的牙齿咬住了我，伤害了我，让我流血。我一直告诉自己："他没有杀死任何人，没有伤害任何人，也没有辱骂男爵，他们不会一直关着他的。"但残酷的现实和糟糕的念头混杂在一起，迫使我毫无逻辑地胡思乱想。马格吉亚图也没有杀死任何人，洛丽娜可怜的未婚夫也没有。

终于，我们得知贾科莫被带到了塔兰托，爸爸和其他男人一起去打听他的消息。回来以后，妈妈询问他情况，但他摇了摇头："他们没有让我见到贾科莫，卡特琳。他们说我们早该知道会有这样的下场。"

我度过了可怕的一夜，饱受噩梦折磨。梦里，我沿着一条灰色的、泥泞的小道前行，脚下的土地有手和指甲挖过的痕迹，再往前，我看到了贾科莫的尸体。从远处看，他的身子仿佛蠕虫一样，被切成了两半。我惊醒过来，失魂落魄地摸着自己的脸和身体每一个部位，仿佛想确认自己到底是什么做成的。我转过身去看安吉丽娜，她安恬地睡着。我想起了我们的童年时光，那时多么美好啊，尽管那时的世界也依然丑陋，但我从未如此心乱如麻。我想起卡尔多塔的强盗和爷爷的故事。那伙强徒诅咒卡尔多塔的时候，也许也诅咒了这片污迹斑斑的土地，那些人，如同数个世纪以前的强盗一般卑鄙。

贾科莫回来的时候，已是春天了。那一周，父亲连同其他二十一个科佩蒂诺的雇农得到了一片土地。我们拥有了自己的农场。

"我们赢了！"爸爸揽住妈妈的腰，兴奋地大呼。他把妈妈举起来，轻轻旋转，那块土地让他们感觉到自己成了世界的主人。

但贾科莫一亩土地也没得到。他依然被认定为异乡人，何况他在起义时的行为太暴力，太极端，太"共产主义"了。

割让土地三天后，他们放了贾科莫。他穿了一件洁白的、散发出香味的衬衫出现在我家，看上去干净整洁。我不知道该怎么描述重新见到他的感受，即便是婚姻中最幸福的时刻，我也再没体验过那天下午的感觉。父亲在门口拥抱他，他笑了，我注意到他嘴里闪着一颗金牙。我为自己皱巴巴的皮肤和肮脏的头发感到羞愧。而安吉丽娜从来不会出错，瀑布般的头发柔软卷曲，举止总是那么无懈可击。

贾科莫一直在和父亲谈论监狱里的事情和他在监狱里认识的那些人，而我抓紧每一分每一秒看着他。尽管我已经长大了，但也许在他眼中，我仍然还是那个平平无奇的小姑娘，隐形人一般，不会引起任何人的注意。对于贾科莫来说，我只是一个熟悉却又无关紧要的人，就像厨房里的家具、橱柜、秘密盒子，或者他家里的那些物件。我是个不幸的女孩，在妹妹肆无忌惮的美丽和母亲的力量之间挣扎。

安吉丽娜从不回应贾科莫的目光。她走到院子里呼吸新鲜空气，抚平晾在绳子上的塔夫绸连衣裙。她兴奋地欣赏着裙子，眼神如梦似幻。看见裙子，她就能想起他，也许裙子上已经沾染了朱塞佩·皮尔逊的气息。我想起了妈妈，战争期间，她也会把去男爵那里时穿的衣服晾在外面。那时候我总是想，脱去原来的衣服也许会让她更贴近真实的自己。如今安吉丽娜也是如此，包裹着柔软的塔夫绸，她才能做回自己。正如她对所有人都说的那句话："谁会在意你们啊，乌合之众。"

爸爸一口气喝了两杯普里米蒂沃酒，起身去了秘密盒子那里。我站在水槽边，一边假装擦盘子，一边望着他们，我的心疯狂地跳动，膝盖也在颤抖。父亲掏出一个铁皮盒子放在桌上，妈妈对他微笑，仿佛知道他要做些什么。他拿出几张去世的亲人的照片，还有几张明信片，明信片中间印有珊瑚色的萨沃伊徽章，如同十分钱的邮票，那是属于爷爷的。最后，他拿出了一只手表，表带是棕色的，表面金光闪闪。

"这是我父亲的手表，我和卡特琳结婚那天，父亲把它送给了我。现在我希望你能收下它，你对我来说就像我的儿子一样。"

贾科莫犹豫了，他挠挠头，脑袋左右摇晃："纳尔多，这东西对你来说很重要，我不能收。"

爸爸朝他摊开手掌，把手表放在指尖："收下吧，你还很年轻，朝气蓬勃的，但我已经不需要它了。"

贾科莫严肃地凝视着手表，陷入了沉思，似乎在考虑怎样才是合适的做法。接着他又开了一瓶酒倒进杯子，狠狠地灌进嘴里，"既然这样，也许是时候向你们提出这个请求了。"他先看向父亲，然后又看向妈妈。

妈妈走到他身边，疑惑地看着爸爸。爸爸问："发生什么事了吗？"

"没有，纳尔多，什么也没有。只是我想和你们商量点事情。"

"说吧。"爸爸抬高了声音，他不喜欢卖关子。

贾科莫在院子里寻找安吉丽娜的身影，她轻轻哼着歌谣，不时停顿一会儿，然后又重新哼唱起来。

"卡特琳，纳尔多，我可以娶你们的女儿安吉丽娜吗？"

我浑身僵硬，抹布从手里掉了下来，仿佛有什么疯狂的东西随着这声音钻进了我的耳朵。我什么也没说，从家里逃了出去，但我无法奔跑，膝盖支撑不住身体的重量。我靠在一堵矮墙上，一会儿盯着鞋尖，一会儿盯着天空，试图让自己的呼吸平静下来。我的心绪纷乱如麻，"如果"，"但是"，各种想法在脑海里嗡嗡作响，让我变得混乱而脆弱。到底是只有我和别人不一样，还是只有安吉丽娜与众不同呢？我咬住嘴唇，怎么也想不清楚。我继续向前走，遇到了几个在路边聊天的女人。她们穿着黑色的长裙，头上绑着深色的头巾，遮住了令人想入非非的身体，这让我感到窒息。我摇摇头，挺起胸，学着妈妈和安吉丽娜的模样走路。这个守旧的世界突然变得狭隘而渺小，让我倍感愤怒。这片坚硬的、长满石头的土地孕育了我，一个乏味的、不完美的我。

我开始朝着废弃的田地，朝着卡尔多塔奔去，情绪愈发激昂。那里耸立着一棵老榆树，如同卫兵般守护着这片废墟。小时候，我和安吉丽娜常常坐在榆树巨大树干的阴影下，我们有时闲聊，有时沉默，倾听鸟叫蝉鸣。那时候的我们便如此不同了，安吉丽娜。你骄傲的目光告诉我，我永远不会像你那样理解事物，如果不透过你的眼睛，我什么也看不见。我可以跨越一切，却唯独跨不过你。我一直相信，你知道如何辨别黑白，你的未来清晰明确，没有任何瑕疵。你坐在我旁边，一副高贵的模样，我忍不住看着你，用我的目光向你诉说爱意。我的孤独与你的热情之间所缺少的那份联系，也许就是我的沉默。是我的错。

我用力摇了摇头，绝望击垮了我所有的信心。第二副身体打败了原本的身体，我的存在似乎让他们恶心，让他们羞耻，我不过是行尸走肉而已。我撕开衣服，借着落日余晖，对着老榆树擦拭我裸露的皮肤。我的脑海里盘旋着残酷的催眠曲："特蕾莎是隐形的，特蕾莎不存在。"

没有人在意你，你什么也不是。

5

回到家，女人们已经在餐桌边围成了一个半圆。贾科莫和安吉丽娜不见了。阿孙塔奶奶挺着胸脯坐在主位上，缓缓地啜着咖啡。接生婆也来了，她拖着沉重的步子，走路的姿势活像西米鲁塔。她骂骂咧咧地进了门，抱怨严重的关节炎让她提前衰老。阿孙塔奶奶开始谈起安吉丽娜："这孩子小时候就很机灵，聪明着呢，说话反应快，头脑也灵活。"

"而且像她母亲一样漂亮。"妮妮娜婶婶补充说。

洛丽娜坐在妮妮娜婶婶旁边，默默地盯着交叉在膝盖上的手指。我突然意识到，她长得越来越像她死去的父亲了，四肢瘦弱，天蓝色的双眼清澈透明。他叫明古乔叔叔，我只听他说过一次话，他的声音断断续续地从嘴里冒出来，仿佛有千言万语。我记得他很瘦弱，皮肤被太阳晒得干巴巴的，每到重要场合，他总是穿一件大两码的夹克，他的身体躲在衣服里，好像没有肉似的。我从小就很同情那个男人，现在也同样同情他的女儿，我害怕自己变成她的模样。

妈妈把面包和黄油放在桌上，煮起了咖啡。我的目光好几次和她交错，她盯着我，仿佛要忏悔什么罪过，但我沉默不语。这些年来，我一直告诉自己，语言是有限的，是庸俗的，于是我越来越沉默。我把心事藏在心里，成为我自己的珍宝。

我靠近窗边呼吸新鲜空气，天气很热，衣服裹在身上，如同裹尸布一般令人难以忍受。我又想起了贾科莫，我爱他的什么呢？我想象着他的气味，他给人的感觉，我想，我爱的是他的简单，他的吃苦耐劳，他走路摇摇晃晃，但步伐坚定，他是一个朝圣者，可以什么也不吃，在简陋的草褥上席地而睡，他身上散发着旧亚麻的味道，那不过是一个孤独的男人的气味。我们都是孤独的，正是这种孤独的碰撞让我心潮澎湃。事实上，他身上并没有什么特别的、令人难以置信的东西，然而当我的耳畔响起他的名字，我便仿佛听到了一支舞曲，每一步都变得如此艰难。

"他们会成为一对佳偶。"我听见阿孙塔奶奶评价道。

我闭上眼睛，想象着他们彼此靠近的画面。我也爱安吉丽娜，只是心中怀揣痛苦。我预见到即将分隔我们的距离，也预见到如果她不在我身边，我一定无法忍受。

爸爸回来的时候，女人们还在那里闲谈。接生婆又讲起了男爵的故事，其他人纷纷应和。妮妮娜婶婶画了一个十字，农齐亚不断唉声叹气，甚至比奶奶喘息的次数还多。

"安吉丽娜哪儿去了？"爸爸脱下帽子，擦干了额头上的汗水。

妈妈只是耸了耸肩。

可以想象，妹妹已经陷入了和我相同的绝望之中，我们两个人都被困在一个密闭的匣子里，无法呼吸。我们经历着相同的变数，属于我们自己的那支舞曲令我们神魂颠倒，令我们远离现实，不知所措。在我们的生活里，总有一片黑色地带阻碍了我们的脚步，让我们焦虑不安。是爱引导着我们的步伐，这是我和安吉丽娜第一次与陌生的爱打交道。

"今晚我们在小镇广场上聚会，庆祝胜利夺得土地。"爸爸高兴地说，"卢塞拉的乐队也会来，牧师说，这是属于我们所有人的欢乐时光。"

这片贫瘠土地上的每个农民和主妇都会去参加聚会。科佩蒂诺的男子会穿上黑色衣服,面颊带着被太阳灼伤的痕迹,皱着眉,表情依然严肃。女人们则穿着守丧的深色衣服,父亲去世要守七年,兄弟去世守三年,丈夫去世守终身。还有藏在妈妈长裙后面的孩子,几十个孩子将涌动在大街小巷,如同苍蝇一般。母亲会在贝佩先生的店里驻足,购买薄荷糖、马赛香皂片、用来点燃圣母玛利亚的硬脂蜡烛和爸爸喜欢的咸凤尾鱼。

这就是我熟悉的那个世界,我属于这里,这就是困住我的匣子。我努力想象男爵的大农舍,想象他海洋凝灰岩般纯白的庄园,屋顶上的雕像,屋内的扇形大楼梯和刻在石头上的花纹。我嫉妒安吉丽娜,她已经决定了自己应当属于哪个世界。而我呢,我非驴非马,不伦不类,不过是一个温腾的、随时有可能崩溃的丫头片子。

6

聚会之前,安吉丽娜坚持要去理发师家。一路上,她没有提起贾科莫,也没有谈及他的求婚,很明显,女巫的侄子如同一道帘幕,横亘在我和安吉丽娜之间,让我们都陷入了沉默。我看着路边东倒西歪的屋子，它们紧紧挨在一起，地下散发出腐臭味，商店都关了门，细绳编织而成的窗帘拉得紧紧的。这些细节仿佛第一次映入我的眼帘，让我惊讶不已。出了小镇，公共汽车沿着把村庄分为两半的大道行驶，理发师的家就在那里，旁边几座小房子屈指可数，还有小小的菜园，成排的土地，上面荆棘丛生。理发师的头发像洋娃娃一样蓬松，淡色的口红显得嘴唇很薄。

"快来，快来，那个傻子在广场上呢，暂时不会见到他。"她说的是自己的丈夫。

桌子上有一本《周末女人》杂志，封面上是一个风情万种的女郎，正抓着一个男人的衣领。"这是从米兰寄过来的。"

安吉丽娜轻轻抚摸杂志，叹了一口气。我们对米兰一无所知，但在我们的印象中，来自那片沃土的一切都能让人忘记这里的残酷与泥泞。

"随便坐吧，我帮你们打理一下头发。"理发师说道，她还和我们第一次来找她时一样激动。

"先从你开始，特蕾莎。"

她让我坐下来，用大卷发器卷起我每一绺头发。

"瞧，你变得像电影演员似的。现在闭上眼睛吧，让我们来给这张瓷娃娃一样的脸上妆。"

纤细的化妆刷拂过我的脸颊，我的背部一阵轻微的战栗。贾科莫的脸猛地浮现在我脑海中，他躺在我的床上，躺在我身边，看上去很幸福。他没有穿衣服，肩膀看起来就像卡尔多河边的白色岩石。我好几次睁开双眼，然后又闭上，一闭上眼，他就在那里，裸露着白色的身体，一动不动。我惊慌失措，心跳加速，却又轻启嘴唇，一脸期待。化妆刷扫过我的眼睛，我摇了摇头。

"别动，特蕾莎，快化完了。"

我试图摆脱脑海里的画面，不知不觉又想起了那些曾经强行欺辱母亲的强盗的身体。那天晚上，那些巨大的、毛茸茸的身体试图把她大卸八块，刀片插入她的大腿之间，让她支离破碎。他们离开的时候，我才发现母亲没有受外伤，她的胸部和腹部完好无缺，身体依然是完整的。也许就是从那个时候开始，我决定成为一个没有激情、没有肉欲的身体，就像洋娃娃一样，没有鲜血，没有欲望，一切都在远方。

"大功告成，快看看。"

安吉丽娜站在我身后看着镜子里的我。这就是贾科莫想娶的，我美丽的妹妹。

"特蕾莎，你真美，像美国女演员一样。"

我的头发蓬松而柔软，勾勒出瘦削的脸颊。从小我就幻想着能够换上漂亮的百褶裙，腰间扎着蝴蝶结，穿着高跟鞋参加聚会，而完成这个梦想却是在我长大以后，披着洋娃娃般的头发，顶着一张悲伤的面庞。

我起身把位置让给安吉丽娜，注视着她脖子后面波浪般的长发。理发师看着镜子里的安吉丽娜，眼神如梦似幻。

"小姑娘，"她说，"你让我想起了我年轻的时候，在认识现在的丈夫之前，我曾经有个情人，是名军官。"

她的手在衣服上蹭了蹭，打开了梳妆台的抽屉，掀开几张台布，拿出了一张照片。照片上的她很年轻，一头卷发垂落在脸颊两旁，她旁边是一个穿制服的年轻人，颧骨分明，眼睛炯炯有神。

"他是圣塞萨莉亚人，他曾经带我去过他父母家，是一座库尔风格的别墅。"

理发师长叹一口气，讲起了那里倾向大海的海松花园，纵横的刺山柑和一把把可食用的桑果。说着说着，她的脸颊泛起红晕，双眼却蒙上了一层泪水。

"后来就爆发了一战，姑娘们，幸好你们没有经历这一切，无数人一去不复返。"

比起年轻的军官，理发师怀念的更是自己的青春。我明白那种感觉，尽管对我而言，我更期待未来。过去与未来都拥有无穷的力量，但我十分清楚它们到底是什么。时间汇聚成气泡，在我们四周飘来荡去，最后总会回到原点。

理发师刚刚完成对安吉丽娜头发的最后一点修饰，她的丈夫便一瘸一拐地回来了。很难确切定义他的年龄，他似乎停在了某个生长的阶段，成了一个残缺的、不完整的人。他金红色的头发还像个小男孩，但其他部位已经衰老干瘪。他个子很高，蜷缩在厨房角落的椅子上，嘴巴缓慢而富有节奏地蠕动着。

"姑娘们，现在你们还是快走吧。"理发师赶紧说道，"我不收钱，你们要玩得开心。"

她把我们送到门口，怀揣着青春的回忆，她的表情突然变得沉重起来，笑容也消失了。我和安吉丽娜都被她的瘸子丈夫吓到了，飞快地跑了出去。我停下脚步看着安吉丽娜，她迈着骄傲的步子，神采奕奕。她也会时不时停下来，树林里动物的声音，推着小推车的农民，都会打断她的脚步。她每停下一次，就会看我一眼，以为我感受不到她落在我身上的视线。而我只得放慢步伐，迈着机械的碎步前行。

"特蕾莎，你怎么不和我说话？"她突然问我。

我无法和她分享我的感受，那是一种直觉，我该怎么描述这种模糊的感觉呢？贾科莫选择了她，没有选择我，但这种感受与他无关。从前，沉默一直侵袭着我，我也紧闭嘴唇接受了它。别人比我更了解安吉丽娜，他们喋喋不休，总是最先知道某件事情的意义。但那天下午不一样，那天下午，知晓一切真相的人是我，揭开一切的人也是我。我对安吉丽娜有了全新的认识，我记得头顶的天空，也记得峭壁边的树木。很明显，这一切不是因为贾科莫，而是我自己。

安吉丽娜握住了我的手，我们四目相对，就像小时候在卡尔多塔前那样。"我不会嫁给他的，特蕾莎，我永远也不会嫁给他。你不用担心，懂我的意思吗？"

我懂，我知道她在安慰我，她紧紧盯着我，眼眶溢满泪水，试图读懂我，抚平我的内心。

"特蕾莎，我再也不想过这种生活了，我觉得很恶心。"

最后一句话让我有些害怕，但我依然什么也没说。我紧紧扣住她的手指，这是和解的信号，足以代替千言万语。

安吉丽娜，我亭亭玉立的妹妹。她的泪水从脸颊滚落，我用手指擦干她的泪。我们俩就像两个电影明星，是什么让这两个娃娃般的身体变得如此美丽呢？

7

小镇已经有很多年没有如此张灯结彩了。广场上为乐队搭好了"圆形舞台"，四周的灯光将会在七点准时亮起。广场外围，流动小贩们支好了摊位，上面摆满了羽扇豆、榛子、甜点和装满橄榄的罐子。另一边，布匹商大声叫卖着展示自己的货物，来自米尔格的铜铁匠售卖起铜罐、铜杯和其他家用小物件。一到达广场，就可以听见叽叽喳喳的闲谈声，充满了节日气氛。男人们背靠大树，坐在卖新鲜啤酒的摊子边，有几个年轻人在哼唱歌谣，其他人在抽烟。爸爸也在他们当中。我试着寻找贾科莫，但没有找到。

女人们都聚在布匹商的摊位周围。我看见洛丽娜手舞足蹈地高声和布匹商讨价还价，想要买下一匹十分中意的布料。她穿着节日礼服，臀部裹得紧紧的。我想，她也许已经忘记了黑人未婚夫，准备好邂逅新的爱情。未婚夫消失后的几个月，她的脖子上一直戴着沉重的念珠，现在也已经解开了，她把额头上的刘海向两边分开，长长的发路一直延伸到头顶，变得好像另外一个人。女人们挤在她旁边，向她推荐值得购买的布料。布匹商用尽甜言蜜语，左右夹攻，然而当他看到穿着紫红色塔夫绸裙子的安吉丽娜时，喉咙似乎被什么堵住了，半天说不出话来。他盯着安吉丽娜看了好一会儿，布匹从手里垂了下来。女人们的目光也落在了她的身上，这些又胖又黑的女人张大了嘴，口齿不清地议论着，仿佛想要吞下她。

我抓住安吉丽娜的胳膊，带她远离那里，朝着舞台走去，乐队已经开始演奏了。她犹疑着迈开舞步，腰肢扭动起来，仿佛照亮了天空。

西米鲁塔戴着她的头巾，阴影般走近，"你妹妹也喜欢当男爵儿子的妓女，就和你妈妈一样。"她嘀咕着从我身边飘过。

她说这句话仿佛只是为了完成某种仪式，说完便离开了，我甚至来不及回答。我看着安吉丽娜，她正专心致志地追随着音符，轻盈地舞动。她大概还不了解主导我们生活的法则。美丽为我们这个家判了刑，过去是妈妈的刑罚，如今是妹妹的。爷爷说过，花草离开树木便不能生长，农民的智慧凝聚了推动我们步伐的力量。

西米鲁塔的影子消失在房屋背后，乐队结束了演奏，人们纷纷鼓掌。小号手为父亲腾出位置，父亲犹豫地抓住了话筒。母亲走到我们身边，面带微笑，但眼神却透露出惊慌。

"朋友们，乡亲们。"父亲激动的声音断断续续，"今天对于我们所有人来说都是值得高兴的一天，对于我的家人来说，更是如此。"

直到那时，我才在舞台下方的人群中瞥见了贾科莫的脸，他盯着爸爸，目光温和。

"妈妈，爸爸想说什么？"

"我不知道，安吉丽娜，我什么也不知道。"

安吉丽娜沉默了，我看见她快步向舞台走去。

"快点，快点。"我自言自语，却没有来得及告诉她。

爸爸看向所有的朋友和同乡，宣布道："我想告诉大家，很快又会有一场新的聚会，庆祝贾科莫·皮萨努和我的女儿安吉丽娜的婚礼，愿至高无上的真主保佑他们！"

台下的观众先是一阵沉默，然后又像平时那样交头接耳起来。

安吉丽娜的表情半是惊慌半是恐惧。我注意到她的上唇咬住了下唇，她什么也没能说。我的泪水溢满眼眶，但我还是忍住了，我试图把注意力集中在不重要的细节上，被风卷起的树叶划过的痕迹，屋顶上的一只灰猫，刚刚点亮的灯光。一切仿佛都失去了意义，我的心想要逃离，想要毁灭。

"来，特蕾莎，我们走吧。"安吉丽娜握紧我的手。

"那爸爸呢？还有贾科莫怎么办？"

"拜托，我们离开这里，去海边。"

"去海边？"

"去海边。"

我们手拉着手，一起跑到田野尽头。一个老人同意让我们和他的橄榄堆一起坐在小车上，捎了我们一程。我们提着裙子，一直跑到海滩上。海浪轻轻拍打岸边，没有翻卷出一丝泡沫。

"我想消失，特蕾莎，我想隐形，你觉得可以做到吗？"

我摇了摇头，看着她。她棕色的脸庞完美无瑕，头发像海水一样柔软，还有一双库尔人的眼睛。她的一切都能让人想起一种全然不同的生活。我任由思绪翩跹，地平线那边，灰色的天空已经变得模糊不清。她用力眨眨眼，裙子拂过她的身体，慢慢滑落下来。

"安吉丽娜，你在干吗？"然而她已经赤裸着身体，在轻柔的波浪中张开双臂。

我感受到了她的微笑，也许是因为在海浪中裸露着身体让她感到无拘无束。海面上没有阴影，只有她的身体，四散的阳光映在她的眼里，如同鱼鳞一般。

"安吉丽娜在游泳，在游泳。"我轻声说道。这一刻，尽管转瞬即逝，我也感受到了自由。

8

回家的路上，我再也听不到女人在窗边闲聊的聒噪，老人坐在家门前的稻草椅上朝外吐痰的声音，也注意不到男人在小酒馆里醉醺醺的大笑。声音渐渐淡去，万物的轮廓影影绰绰，落日为阿尔诺抹上了一层紫色，整个阿尔诺的土地都变得模糊起来。在那奇特的一天的最后几个小时里，我的身体里滋生出了安吉丽娜的性情，一种既属于我又不属于我的力量改变了我，给我的皮肤套上了皮革般的铠甲。我们彼此都是对方在这个残酷世界上的解药，只要我和她一直在一起，便没有什么能够刺破这铠甲。唉，不知不觉中，我已经开始用幻想编织现实，我按着自己的心意夸大或改变事物，就像小时候给布娃娃讲述家里的故事一样，总是为最苦涩的部分增添一些甜蜜。爸爸向妈妈讲述战争的时候也是如此，他的故事里没有炸弹，没有残缺的身体，只有飞机迎风翱翔，让我们孩子联想起风筝。

多年前女巫曾经说过，风之花总会死而复生。她说的对，在我眼中，母亲、安吉丽娜和我都是这样的，只是当我们走进回家的小巷，第二个生命的魔力便消失了。

"我们到了，特蕾莎。"安吉丽娜平静地说。

她放慢了步伐，轻轻叹息。如果我们乘着运橄榄的老人的小车逃走，也许一切都会不同。但现在为时已晚，那颗肆意妄为的心已经退缩了，一栋栋房屋的凝灰岩和沥青让我感到窒息。

"是啊，安吉丽娜，我们到了。"过了一会儿我才回答道，仿佛不是和她，而是和这片土地对话。

爸爸坐在桌前，手指疯狂地敲击桌面。妈妈坐在她对面，脸色很难看，他们吵架了。我们走进家门，爸爸站起身来沉默地看着我们，先是我，然后是安吉丽娜，接着又是我。

"安吉丽娜。"他开口了，"你干吗去了？"

他走到安吉丽娜跟前，伸出手抚摸她依然湿润的发髻。他的声音里有愤怒，也有疼惜。他绕着安吉丽娜旋转，细细端详美丽的女儿，她像春天的樱桃树一样开花了。

"你以前总是很快乐的，是个被阳光亲吻的女孩儿。"

我垂下目光，父亲对妹妹说的话仿佛毒药，揭开了我真实的内心。也许他也看透了我灰色瞳孔下暗藏的悲伤。可怜的爸爸，他不会知道，那些吞噬我五脏六腑的虫子，也在安吉丽娜的身体里蠕动着，或许母亲的身体里也有。这是一场大火，尽管已被烟灰覆盖，却依然能继续燃烧。

"贾科莫是个好人，他会让你幸福的。再说了，他们迟早也会分他一块地。"

父亲站在安吉丽娜面前，他突然严肃起来，脸上的棱角和皱纹都很分明。安吉丽娜仰起了脸。这种坚定的表情我再熟悉不过了，我不由得颤抖起来。

"爸爸，我不会嫁给贾科莫的。"

可怜的爸爸不会知道，他的女儿已经倾心于他最强劲的敌人。一同度过的时光里，两个恋人的心如雷鸣般震颤，他们的唇溢满了叹息，他们的身体纠缠在一起，大地都在脚下颤抖，那是他不知道的秘密世界。

"你在说什么，安吉丽娜？为什么？也许现在你对他还没有感觉，但你们还有的是时间相处。"父亲的眼神有些颤抖，眼珠在沟壑交错的眼眶里转动，"你以为你是谁啊？那个小伙子怎么就不行了？"

父亲颧骨上的皮肤紧紧绷着，一说话便露出白花花的牙齿，如同一只咆哮的大狗。愤怒让他变得丑陋，我也第一次发现，他老了。妈妈把抹布扔进水池，跑到愤怒的爸爸和安吉丽娜之间，把他们隔了开来。

"纳尔多，你过分了。贾科莫确实是个好人，但我们的女儿不喜欢他。"

"啊，我们的女儿不喜欢他！"父亲挥了挥食指，继续说道，"我是在为我们这个家着想。我每天挥着锄头起早贪黑地干活，腰都累断了，手指也不听使唤了，只有我才能决定把女儿嫁给谁，你懂吗？"

我和安吉丽娜想要一个梦，但生活却全然不同。为了活下去，我们节衣缩食，连吃饭都很困难。现实就是如此，父亲知道，母亲知道，镇上所有人都知道。因此，感情和梦想这种东西，也得分成许多份省着花，只有在好日子里才能拥有。

巷子里突然传来一阵哨音，是那种男人调戏路过的女孩时吹出的口哨声。一阵长长的嘘声过后，便是肮脏淫秽的言辞，说给纳尔多·索祖的女儿听。

父亲的表情严肃起来，他冲进巷子驱赶那群小流氓，但为时已晚。这座小镇的内里已经腐烂了，朝我们吐出熏臭的黑气。

"看见没，爸爸？我不想再待在这里了，既不想和贾科莫一起，也不想和其他任何人一起。"

"我再也不想待在这里了。"我回味着安吉丽娜的话，感觉自己陷入了一个黑色的旋涡。那里没有时间，没有色彩，那里的生活充满了不确定，鱼儿没有眼睛，树木没有枝丫，身体没有手臂。

"爸爸。"安吉丽娜直视父亲的眼睛，说道，"我爱的另有其人，我想和他在一起。"

爸爸推开妈妈的肩膀，没有人可以打破他和女儿之间的这种气氛。

"谁？"他脖子上的青筋跳得愈发猛烈，仿佛已经准备好迎接争吵。

"是皮尔逊男爵的儿子，朱塞佩。"

妈妈闭上了双眼，爸爸眼中燃起了怒火，整张脸都变形了。

"不行！"他厉声喝道，"永远都别想！去他妈的。"他开始用方言破口大骂，这让他又变成了那个粗鲁的、野蛮的纳尔多·索祖，和其他那些坐在小酒馆门口，随地小便、吐痰，把小巷弄得乌烟瘴气的乡巴佬没什么两样。

"我还有什么指望？"他继续骂道，"不要脸，这就是你，我的女儿就是小男爵的婊子。"他破口大骂，整间屋子都能听到他的声音。

"你怎么能这么说她。"妈妈又一次站在了他们中间。

安吉丽娜抽泣着躲进我的怀里，就像小时候那样。

"你给我闭嘴。"父亲扇了母亲一耳光，呵斥道。母亲没有反抗，默默地忍受了他的暴力。

从前那些穿着黑色衣服的女人是怎么说她的？荡妇。现在历史重演了。过去和现在时间彼此追逐，仿佛旋转木马一般，同样的污泥与卑劣，透不过一丝光线的乌云，一切又重新开始了。东南风吹开了窗户，夏日田野的味道如不安的奏鸣曲一般涌进厨房。妈妈紧紧抱住我们，爸爸一动不动地盯着外面的石头，刚才发生的事情似乎让他的血液燃烧殆尽，变得萎靡不振。我们保持着这样的气氛，母亲和女儿比以往任何时候都孤独，三个残缺的灵魂，不管怎样都和其他人格格不入。

在同一个家里，也会感觉自己是异乡人吗？

那时候我的答案是肯定的，现在大概也是吧。

9

随后的几个月里，安吉丽娜日渐憔悴。爸爸禁止她外出，只有我们去喷泉边给水罐装水，或者去贝佩先生的店里买东西的时候，她才有一点自由的空间。杂货商那位瘦瘦小小、爱搬弄是非的女儿从来不会错过任何一次传播流言蜚语的机会，她向所有人讲述，我的妹妹如何疯狂地迷恋上了男爵的儿子。她总是给出一些模糊的暗示："如果离火太近，你就会被烧死。""你以为有活下去的希望，其实早就死了。"妹妹第一次默默接受了所有挑衅，她沉浸在根本不存在的幻想里，所有外界的声音似乎都反射了回去，没有留下任何印记。

人们不止一次看到男爵的儿子骑着他的纯种马在小巷间徘徊，但他没有与任何人交谈。面对我们这些陌生人，他显得很傲慢。我们和他之间存在着不可逾越的鸿沟。

尽管爸爸禁止安吉丽娜出门，但她的心一直在男爵的儿子那里。这份不可能的爱情支撑着她所有的思绪，白天的一举一动，甚至是夜晚的叹息。

"你要吃个新鲜鸡蛋吗,安吉丽娜?"

"我晚点再吃。"

"你得吃点东西,安吉丽娜。我给你煎个蛋吧。"妈妈坚持道。但安吉丽娜盯着自己的鞋尖,摇了摇头。

家里的对话只剩下了必要的内容,我们每个人都小心翼翼地避免触及敏感话题,不去提起贾科莫,更不必说男爵的儿子了。

傍晚,餐桌前,妈妈在爸爸的注视下朝盘子里倒了许多食物。我们把头埋在盘子里,每一个动作都如同一个沉默而孤独的仪式。爸爸自欺欺人地认为,填饱肚子就能平息其他欲望。但安吉丽娜的欲望从未得到满足,只有几次爸爸允许她跟着妈妈和阿孙塔奶奶去电影院时,我才能看到她高兴的模样。她若有所思地欣赏着电影里的美人,仔细观察他们精致的脸庞、完美的衣服和发型。她哭了。我敢肯定,她的心一定为自己的姓名和出身而饱受折磨。我握住她的手,感觉到一阵冰冷的寒意。那些遥不可及的女演员让母亲心中也泛起了波澜,看完电影回到家后,她便一头扎在织布机上,连声叹息。她低垂着头,埋在自己正在编织的毯子上,免得让人发现她那双因悲伤而黯淡的灰绿色眼睛。她富有节奏地敲击钢筘,头都没有抬一下,寂静之中填满了"砰砰"的声音。

那几个月,父亲也变得萎靡不振,但他的沉默里更多的是愤怒。他顶着一头乱糟糟的头发,在被烟熏成灰色的房间里穿行,斑驳的水泥墙、水龙头上的铜锈，裂缝的碎花图案地板，一切都让他心烦意乱。他驻足在窗前大口呼吸，仿佛缺氧一般。他再也不是我印象中那个父亲，那个从战争中归来，尽管受尽折磨，消瘦不堪，却依然乐观积极的父亲。如今，生活改变了他，他成了一个足以激怒家中所有人的存在。在某些事情方面，他总是一成不变。我看着他，我爱他，却又恨他，这一切似乎都是他的错。

那是一段"悲伤的岁月"，直到今天，我依然如此称呼人生中这段时光。尽管家里总是挤满了人，但却依然冰冷空荡。阿孙塔奶奶时不时会过来，她静悄悄地溜进厨房，不发出一点声响。

"可怜的姑娘，她一定很孤单。"奶奶双臂交叉在胸前，感叹道。

接着，妮妮娜婶婶和洛丽娜也来了，还有伦齐亚和接生婆，她们同往常一样带着手上的活计，或者带上鹰嘴豆打发牙祭。妮妮娜婶婶和她的女儿长得越来越不像了，婶婶肚子肥胖，丰满的胸部紧紧贴在上面，而洛丽娜依然像干面包一样瘦弱。母女俩不断地向圣人和亡灵祷告，祈祷安吉丽娜迷途知返。她们时不时中断祈祷，谈论小镇上的逸事，用一些不痛不痒的句子评头论足。大多数时候，她们会借故提到安吉丽娜，而安吉丽娜总是厌烦地、心不在焉地点点头。我们已经习惯了，每次一有什么事情发生，女人们都会来到家里围成圈坐着，说长道短，按照自己的喜好添油加醋，好让故事变得更加有趣。

妹妹只插嘴过一次。她冷冰冰地说："我知道镇子上的人怎么说。"她坐在窗户玻璃后面的椅子上，自从她被关在家里以后，就一直坐在那里，"安吉丽娜·索祖是男爵家的婊子，我也知道你们在这里假惺惺地为我好，说到底只是为你们自己着想而已，这些破事我已经习惯了。"

那天以后接下来的几个星期里，便只有阿孙塔奶奶一个人来安抚父亲了，面对家里突如其来的寂寥，父亲只是说："至少有人能挫挫她的锐气。"

流言很快在广场和街道蔓延开来，耻辱感充斥着整个家，几乎变成了一种坚固的、沉重的物质，在院墙内到处游动，刺激着人的神经，如同魔法妖精一般，在我们醒着的时候到处转圈，等到我们夜里睡着了，就躺在我们身边。

"我能感觉到。"安吉丽娜说，"它就在我旁边，散发出难闻的臭味。"

"你感觉到什么了？"

"耻辱。它就在这个家里，飘浮在空气里，与我们同行。特蕾莎，你也能感觉到吗？"她睁大美丽的双眼问我，她害怕那只是她一个人的感受。

"它像印度邦主一样全身赤红，头上长着犄角。"我说，"每次照镜子的时候，我都看不见自己，只能看见厨房里红色的恶鬼。"

她径直坐到镜子前，左看看，又看看。

"我看到了，特蕾莎，我也看到了。"

10

　　爸爸想把我们变成真正的农妇，于是，我们凌晨三点起床，跟着他和妈妈去了田野。这里已经被命名为"大石地"，意指这片红色的土地上到处生长着巨大的石灰石块。我们扯去田埂上的绊跟草，采摘橄榄，把黑布铺在树下，果子成熟时自己就会掉落下来，我们再用手把它们堆好。我们剥去蚕豆的外荚，去除葡萄的籽儿。我知道，爸爸做这些并不是出于恶意，在他的心里，生活理应如此。改变自己命运就好比打牌时偷偷作弊，永远不会成功。驴子不可能变成马，种子不可能变成大树，他生了我们，我们的根就是他。现在为了维持这个家，他大发雷霆，禁锢了我们，如同一根沉重的钉子，刮伤了家的墙壁。

　　黎明的寂静里，对贾科莫的思念变成了一种甜蜜的痛苦，这份痛苦小心翼翼地探出头来，如同雨后的蜗牛。粉刷成白色的房屋上点缀着库尔式的圆顶，逼仄的小巷里依然充斥着尿液和腐烂蔬菜的气味，在这些房屋与小巷之间，我又重新感受到了孤独。贾科莫·皮萨努，我用微不可闻的声音轻轻念着他的姓名，五次，六次，声音缓缓流出，从未有过的思念之情也从身体里流淌出来，仿佛潜入海里时身上散开的沙子。它们溶解开来，在石板上滑动，小时候我就在这样的石板上蹒跚学步，但现在它们却那么陌生。

"去找他吧。"一天早晨，安吉丽娜对我说。黎明的寒气冻得我身体肿胀，汗毛直立。

"快去吧。"

我点了点头，随即做了一个不确定的鬼脸，半分尴尬，半分迷惑，半分宽慰。我突然感觉到，我再也不需要强迫自己扮演某个角色了，安吉丽娜的许可让我重新找回了原来那个特蕾莎，那个我还不了解的我自己，那个尽管脆弱懵懂，却一直充满勇气的女孩。我把安吉丽娜留在绊根草间，一头扎进了田野，沿着田间小路狂奔。我的心脏怦怦狂跳，田野似乎突然变得嘈杂起来，藏在橄榄枝里的麻雀高声啼叫，蜥蜴沙沙作响，远方的流浪狗狂吠不止，风呼啸而过，卷起片片树叶。我摇摇晃晃地站在女巫那座老房子生了锈的栅栏前，坚定地敲了敲门。还有几步了，我对自己说，只剩下几步了。

在我的想象中，迎接我的应当是老巫婆的面庞，她坐在高高的椅子上朝我摇头。我们这些可怜人类还不明白，我们什么也无法掌控，只能一直绕圈子而已。即便我们能够返回人生的那些岔路口，选择另外一条道路，最终都会无可避免地回到原点。

我缓慢地敲门，现在改主意还来得及，但贾科莫立即打开了大门。

"嗨，特蕾莎，我就知道你会来的。"

他的声音奇异地平和，周遭立马安静了下来，如同暴风雨前沉重的乌云。

"进来吧，来。"

他用抹布擦去落在桌椅上的灰尘。水池里放了三个脏兮兮的酒杯和装了一半剩菜的盘子。

"不好意思，家里太乱了，我平时也没什么客人。"

他有些尴尬，有好几分钟我们都这样沉默着。

说啊，特蕾莎，快说啊。

"我……我……我来……来……"和小时候一样，话要说出口总是那么艰难，激动与恐惧让我的声音支离破碎，那些词汇明明早就在我的脑海里按部就班，却沿着来路消失了。

"我知道你有事情告诉我，特蕾莎，镇上的人都知道了。"

知道什么？安吉丽娜还是我？

心脏如同一只受惊的麻雀，躲在衬衫下剧烈跳动。我开始数数，这是我从小唯一擅长的事情。这简单的动作可以帮助我平静呼吸，加加减减可以避免与现实失去联系。

一、二、三……深呼吸。

四、五、六……说话，特蕾莎。

七、八、九……特蕾莎，你有什么天赋？

阿曼多爷爷有讲故事的天赋，爸爸有沉默的天赋，阿孙塔奶奶有农民的智慧，妈妈和妹妹生来美丽。那我呢？那些你们说不出的话，就由我来说吧。

我的想法总是随着小巷生活的变化而变化，它们追随着那些闲言碎语，收缩，膨胀，忍受不了身体的沉重，追求更高的轨迹。

"安吉丽娜爱上了男爵的儿子，她说她受不了这种生活了，她觉得恶心。每天她在这里醒来，但心却在别处。她也不知道她在哪里，总之不是这个世界。在这个世界里，若你为爱情斗争，就会一无所有。她厌倦了这里的生活，贾科莫，这不是她想要的生活。"

贾科莫沉默了，他的手从眼睛移到嘴上，然后又捂住了眼睛，他的双眼哭得发红，深陷在青灰色的眼窝中。我僵硬地站在他面前，几乎无法呼吸。我移开视线，重新开始数数，计算屋里家具的数目，不去关注他的痛苦。橱柜上有三个烛芯，一个水囊，灶台上有几只陶瓷花瓶，还有一幅《圣米歇尔大战魔鬼》的图画。天花板上垂下一根细绳，上面挂着油灯，墙壁上有一扇阴影，黯淡的光线照亮了他的眼睛。他的双眼很清澈，睫毛又长又弯。

"镇上的人已经告诉我了，特蕾莎。但我不愿意相信。"他停了好一会儿，开始绕着餐桌踱步，"那个人是个混蛋，特蕾莎。"他没有停下脚步，继续说道，"和他的父亲一样混蛋。你不懂，特蕾莎，你没有看到过他那些喽啰杀死马格吉亚图的时候在田地里都干了些什么，你们不会懂的。"

他驻足在圣米歇尔的画像旁，握紧拳头，咬牙切齿地凝视着它。

我爱你，贾科莫，我不知道爱是什么，但我知道我爱你。我的心咝咝作响，这是只属于我的独白。

"我爱她，特蕾莎，从见到她的那一刻开始我就爱上了她。告诉她，你告诉她，她信任你，你是他的姐姐。男爵这样的人只会利用我们，然后把我们弃之如敝屣。"

他走到我面前，抓住了我的肩膀，我不得不望向他的眼睛，尽管这对我来说是一种伤害。不是他的错，也不是妹妹的错。我心乱如麻，结结巴巴，我们的身体触碰在一起，这种虚幻的、不真实的感受，总比我真实的生活要好，要值得铭记。我在心里一遍遍安慰自己：他在这里，尽管他的心属于另外一个人，他不喜欢我，但至少，也许这是他第一次意识到了我的存在。

我盯着窗户看了一会儿，模糊的玻璃外，嫩芽蠢蠢欲动，春天提前降临了，我想我也是这样的，一颗虚假的季节里早熟的果实，没有内容，也没有味道。

"我会告诉她的，贾科莫，我保证。"

他拥抱了我，我几乎快站不住了。

"谢谢你，特蕾莎，你不知道我有多感谢你。"

是了。他的感激，妹妹的爱，对我来说这就够了。这是一种温暖而没有意义的幻觉，如同在梦中遇见逝者，梦醒了，我们却相信他依然在身边。

在井边

1

"还剩下什么，特蕾莎？我们一生还剩下什么呢？"

妈妈把一缕头发塞在耳朵后面，双臂交叉在胸前，向窗外望去。承载着我童年和青春时代的那条古老的小巷，如今在长大成人的我看来无比渺小。

"我不知道，妈妈，我觉得是记忆吧。我们曾经经历过的一切，那些让我们活成现在这个模样的东西。"

我意识到自己完整地说出了她的名字，妈妈，想到我决定离开她，去别处过自己的生活，我第一次感觉到泪水溢满眼眶。如今我也成了妈妈，想到我的女儿也会抛下我，我便难以承受，然而我知道，生活就是如此，我们都会去到该去的地方。

"你一直与众不同，我却没有发现。你总有另外的想法，我们对你一无所知。"

她的脸上沟壑纵横，皮肤愈发松弛，下垂的眼袋衬得眼睛狭小了许多。我想，妈妈的美丽消失了，她的刑罚也随之消失了。也许现在的妈妈终于获得了自由。她用手捂住双眼，然后理了理裙子。

"我们要帮你父亲洗个澡，医生今天来看他。"

我们把父亲扶进浴缸，他羞怯地用双手捂住自己的私处，但没有拒绝我的帮助。他骨瘦如柴，皮肤上突起紫色的静脉。他闭上眼，在浴缸里躺了很久。

"要我帮你擦擦背吗？"

我像对待小孩子一样询问他，他点了点头，没有睁开眼睛。他的身体微微前倾，好让我帮他抹上肥皂，我用海绵上上下下地擦拭他瘦骨嶙峋的脊背。

"特蕾莎，你应该讲讲你妹妹的故事。把她的故事告诉所有人，你有语言天赋，我的女儿，这就是你的天赋。"他重复了天赋这个词，仿佛明白我究其一生都在追寻它。

爸爸也饱受幻觉的折磨。我一直相信，记忆每分每秒都追随着他，如同贪婪的野兽追捕自己的猎物。内疚与悔恨咬住了他，伤口血流不止。

我们搀着爸爸站起身来，妈妈仔细地帮他把水擦干，她温柔地擦拭他整个身体，擦到脚踝和脚的时候跪在了地上。

"他的皮肤像薄纸一样脆弱，有时候感觉碰一下就破了。"

妈妈说着这话，仿佛爸爸不存在似的。爸爸看着我，点了点头。在他灰色的眼睛里，我似乎瞥见往日的微光一闪而过。

我爱你，爸爸。我在心里对他说。

我从来没能真正说出类似的话语，我从未告诉父亲我有多爱他，甚至也没有告诉过母亲。在我成长的时光里，爱是无法说出口的。

我们帮爸爸穿好睡衣，爸爸说想坐到窗前。我站在他后面，妈妈为我准备牛奶。

"你在这里待多久，特蕾莎？"他把手放在椅子扶手上，似乎需要耗费巨大的力气才能发出声音。

"我不知道，爸爸，需要我多久我就待多久。"

"也许朱莉娅需要你，她会想念妈妈的。还有你的丈夫……"

"你们也需要我啊，朱莉娅有她的父亲在。"

朱莉娅，我希望我的女儿远离我童年生活过的地方，希望这样她就不用重蹈我曾经经历过的生活，免受那些黑暗的玷污。我只想她在那方小小的安静的世界里生活，永远不要感受到寂静深夜里孤独等待的母亲焦灼的脚步声，紧闭的窗外寒冷街道上的寂静，恶毒的眼神，还有流言蜚语。朱莉娅不可以。

爸爸突然挺直上半身，试图看清窗外的风景。

"你还记得吗，特蕾莎？你还记得男爵来这里的那个早晨吗？"

我凝视着窗外的小路……耳畔尽是孩子们追逐打闹的口哨声，有脚步声从远处传来，女人们的训斥如同催眠曲一般，又像蜜蜂的嗡嗡声，覆盖住了孩子们的欢笑，惹人厌烦。这一刻，我突然觉得自己从来没有离开过这里。我再次听到了那些熟悉的声音，如果我闭上眼睛，就会看到那个年轻而脆弱的我，白葡萄色的细软的头发，水晶般清澈的眼睛。我重新看到了屋顶间破碎的天空。

"我记得，爸爸，已经过去很久了，却仿佛发生在昨天……"

那是一九五三年的夏天，安吉丽娜、妈妈和我去电影院看了《面包、爱情和幻想》，阿孙塔对劳洛勃丽吉达①很感兴趣，也跟着我们一起去了。

"我想看看这些仙女似的小姐。"她说。

下午的大部分时间里，她什么也不干，只是不断地画着十字，为那些美丽而温柔的女人的丑事低声祈祷，她们似乎完全被那些充满魅力的，浪漫的男人迷惑了。

"你们父亲年轻的时候也这么英俊。"妈妈说。

"确实如此。"奶奶附和道，"他确实很英俊，英俊极了。"

---

① 吉娜·劳洛勃丽吉达，出生于 1927 年，意大利著名女演员。

那段时间，爸爸终于恢复了原来的性情。他加入了红色联盟，成为一名马格吉亚图那样的共产党员。这让妈妈心惊胆战，因为镇上的人一向认为共产党是一群奇怪的人，是一个陌生而危险的种族，尽管他们集会的目的是建立合作社，捍卫农民的工作条件。他们轮流在成员的房子里开会，那几个月，集合地点轮到了我家，厨房成了他们的老巢，他们在屋里吞云吐雾，谈笑风生，商议土地的事宜。贾科莫也会参加集会，面对安吉丽娜的冷漠，他依然没有放弃。

"算了吧，小贾科莫。"有一次，爸爸对他说，"别因为女人分心。"

而我呢，我已经习惯了这种畸形的状况，我们三个人之间形成了一个奇特的三角形，而我就是其中一边。

在和男爵见面的前一天晚上，爸爸把我和安吉丽娜带到了卡尔多塔。我依然记得那天风的芬芳，风从大地而来，爸爸抬起下巴嗅了很久。显然，他喜欢这种味道，这是从阿尔诺的皮肤和腹部散发出来的气味，如新鲜出炉的面包的香气一般骚弄着他的鼻孔，令他安心。

"我有没有给你们讲过你们的爷爷第一次带我来这里的故事？"

我盯着他，没有作答。他的眼神有些恍惚，充满了思念与不安。他像古老的橄榄树一样坚硬冷酷，胡须又长又粗，看上去像是卡尔多塔的土匪之一。

"那时候我还是个孩子，你们的祖父给我讲了男爵夫人和挑战诅咒的农民的故事。"

安吉丽娜没有看他。我在她身上看到了父亲的影子，他们同样喜怒无常，敏感易怒，和我们爱的人在一起时总会保持沉默。

"你们的祖父对我说，我们的身后总有幽灵追随，我们每个人都有属于自己的幽灵，有一些有自己的姓名，还有一些则更可怕，他们的名字和我们一模一样。"

"快点，特蕾莎，你爸爸需要你。"

妈妈手里拿着他们婚礼那天的合照。她把照片从秘密盒子里取出来，一边端详，一边用厚毛衣拂去上面的灰尘。

"快点，爸爸需要你。"她又喊了我一遍，告诉我父亲没有多少时间了。我缓缓走到父亲身边。

我把妈妈留在厨房里，我知道她正在秘密盒子前看着那些死去的亲人，一张接一张地亲吻从盒子里拿出的照片，也许她沉浸在悔恨中，轻盈的、细细的泪珠缓缓落下，这是老人哭泣的方式，他们流两份眼泪，一份是有声音的，一份是无声的。

我坐在父亲身旁，父亲躺在床上，握住我的手。

"穿，穿那件好衣服。"他大声喘着粗气。

这是他第三次要求穿上那件好衣服了。他想让自己做好准备。

"妈，衣服。"

妈妈看着我们，目光有些慌乱，似乎没有意识到她对着照片的呢喃细语，不知道自己身在何方，也不知道我们是谁。

"我必须坦白一切，特蕾莎。从这一切的开始说起，否则我就太该死了。"

我知道她说的是她和男爵之间的事情，但我假装没有听懂。于是，她不再哭泣，开始慢慢地忏悔，向死去的人，向活着的人，向我们家的每一代人。

爸爸打断了她。他艰难地举起手："先给我穿衣服，特蕾莎，然后再听安吉丽娜的故事。死神可以再等等。"

2

男爵出现在我们家的那个早晨，已经是夏天了。老男爵容貌依旧英俊，双手柔软光滑，一举一动像猫一样慵懒而残忍。他的脸圆润了一些，但并未失去从前的力量。小男爵和他父亲长得很像，唯一不同的是嘴唇更厚，眼睛更大，具有东方人的色彩，这让他显得比父亲更加宽厚温和。

敲门的是男爵的随从之一："皮尔逊男爵来了。"他在门口大喊。

妈妈的脸一下子变得铁青。我们刚从田地里回来，双手沾满泥污，头发又脏又乱。妈妈走到梳妆台前，默默打开抽屉翻找，然后拿出了一条彩色的手帕绑在头上，在脖子后打了一个结。她把衬衫纽扣一直扭到脖子上，去水池边洗净了手。

"特蕾莎，去帮男爵煮杯咖啡。"

安吉丽娜在院子里晒衣服。直到小男爵迈进家里的门槛，她才看到了自己的爱人。

"早上好，索祖太太。"

男爵握住妈妈的一只手，亲吻了一下。小男爵看了我一眼，目光很快捕捉到了安吉丽娜，朝她微笑。站在男爵面前，妈妈僵硬得如同一块石头，甚至忘记收回自己的手，往事如同墙壁上的裂缝一般浮现出来。

"特蕾莎，给男爵倒咖啡。"说完，她示意两位客人坐下。

男爵上一次来我家还是战争期间，他从法西斯分子手中保全了我们的大桶和家具。战争结束多年，但我们的生活依然艰难，贫穷如同疾病缠绕着我们。

安吉丽娜顶着一头枯黄的头发，向前走了几步，她的眼睛闪闪发光，是好几个月都没有过的模样。

"真不好意思来打扰您，索祖夫人，您认识我的儿子吧？"

妈妈微微点头："请坐，随便坐吧，有什么需要我们做的吗？"

我走过去，把咖啡杯放在桌上，喉咙感觉被什么堵住了。我想起了贾科莫和父亲。如果他们看见两位皮尔逊先生出现在我家厨房，会做何感想呢?

安吉丽娜也来到了我们中间,她一言未发,但却不受控制地盯着小皮尔逊,表情如痴如醉。看着她的目光,我终于明白,为什么我和她讲过那么多次贾科莫对她的爱,每一次她都只是耸耸肩膀,回答同样的话:"不,我不爱贾科莫,永远都不会爱他。"而我坚守着我的诺言,沉默的爱是我的天赋。

"我知道。"

"我很清楚您的丈夫对我没有什么好感。"

"没有,不是这样的。"妈妈辩解道。

马格吉亚图的死,那些随从把父亲打得浑身是血、半死不活地回到家,关押贾科莫,女人和母亲们的哭喊。皮尔逊男爵对这一切都有责任。如果阿孙塔奶奶在,一定会把这父子俩都赶走,朝着被他们的鹿皮鞋踩过的石板吐口水。我们属于两个不同的世界,在我们之间有一片汪洋大海。唯一没有看到这片深渊的人是安吉丽娜。我知道,她每天都梦想着逃亡。她害怕变得像我们的母亲、奶奶、妮妮娜婶婶、小镇上所有的女人那样,这种恐惧渗入了她的血液。夜里,我能听到她在梦中呻吟和颤抖,有时她会呓语:"走开,我不要,走开。"

即便是今天我依然相信,她会挣脱小巷里的女人那些干枯的手,它们隐藏在黑暗之中,试图抓住她,把她拖入她们生活的黑暗深渊,我们这一生都在这深渊的边缘试探。

"时代变了，索祖太太，如今你也拥有了一片土地。"

男爵双腿交叠，举起一只手示意，他的拇指上戴了一枚红宝石戒指。小皮尔逊男爵看着父亲微笑。

"男爵，您看，虽然我们有了土地，但还是穷人。"

母亲勇敢地试图为我们的贫穷辩解，但她满头大汗，没有了当初那份胆识。我也流汗了，因为母亲尴尬的处境，因为她蹩脚的意大利语，因为她随着时间的流逝变化的模样。有时我似乎能听见她的声音遥远的回响，如同一曲蝉鸣，无影无形，却四处追随在我身边。

"已经是新时代了，卡特琳夫人。"男爵朝着母亲微微弯腰，仿佛说悄悄话似的。母亲吓了一跳，深深吸了一口气。

"现在有很多事情都是从前不敢想象的，比如说男爵爱上一位农妇。"

他在说安吉丽娜，还是在说我们的母亲？我曾今问过自己许多次，若是闯入男爵的生活，是否还能完好无损地脱身。我相信妈妈曾经闯进过，而当她感觉到自己被俘获时，或许为时已晚。

"不久前这还是桩丑事，但现在已经很正常了。"

我的母亲环顾四周，茫然地打量着屋子里的每一个物件。曾几何时，她也属于男爵，但她从未摆脱过那些灰色的墙壁、虫蛀的家具，还有装满家中一代代逝者相片的秘密盒子。

"男爵先生，您觉得这真的有可能吗？"

那个曾经女王一般的女人哪儿去了？那个走起路来袅袅娜娜，像俄罗斯女子一样神情坚毅的女人哪儿去了？在她的身体里，我再也看不到那个面对闲言碎语依然勇敢无畏的女人了。她的双眼失去了光泽，如同沾满灰尘的玻璃弹珠，她的皮肤近乎透明，显现出血管的纹路。

"时代变了，朱塞佩和安吉丽娜，我们的孩子相爱了。我不会永远活着，只希望我的儿子能幸福。我也不在意你的丈夫说什么。"他用一只手捂住嘴，仿佛念出他的名字会玷污自己，"您要尊重孩子的想法。"

安吉丽娜坐在椅子上一惊，随机局促地垂下了目光。

"我的儿子想娶您的女儿，我已经同意了。"

3

妈妈犹豫不决，无法清晰地做出任何回应，这时，爸爸回来了。他一个箭步猛冲到桌子边，面庞颤抖得如同一座崩塌的大山。我闻到了小酒馆里的酒味，看了看他粗糙的手，他的手指如同玻璃片一般坚硬，指甲发黄，仿佛烧过的蜡片。而皮尔逊男爵的双手却洁白而光滑。他们俩可谓天差地别。

"这是什么意思，卡特琳？"爸爸的目光从妈妈身上移到男爵身上，他怒气冲冲地抬高声音，"你们他妈的在这里做什么？"

老男爵冲着父亲狡黠地笑了笑。

"您不必大动肝火，索祖先生。我们来这里是为了一桩美好的事情，我的儿子，皮尔逊男爵的继承人朱塞佩·皮尔逊，想娶您的女儿安吉丽娜·索祖。"

索祖这个名字和皮尔逊能有什么联系？一个天上，一个地下，他们的结合只会像暴风雨前的乌云一样黯淡而悲伤。

爸爸咬紧牙关，捏紧拳头，开始在狭窄的屋子里来回踱步。他从厨房走到床边，又回到厨房，仿佛一个痛苦的需要救赎的灵魂，漫无目的地游荡。安吉丽娜抿住嘴唇，好让自己不哭出来。她的头发如同圣乔瓦尼海翻卷的浪花，在那浪花间，我看到了她赤裸裸的爱情。我明白，为了自由，她什么都能做出来，不会变得像我们的母亲一样。我看着父母，他们都老了。在我和他们之间，有一道深深的沟壑。

"拿上你们的东西。"父亲站到男爵面前，爆发了，"给我滚出去，不要让我再看到你们，也不要再胡说八道了。"

"纳尔多，冷静点，现在没必要说这些。"

"我在自己的家里，想说什么就说什么，不需要我的妻子来指手画脚。"

"索祖先生，或许您可以暂时忘记您现在在和皮尔逊男爵说话，也不要去想谁是这片土地的主人，谁让你们起早贪黑地劳作。"

皮尔逊家遇上索祖家，就如同新酒中的余渣，他们在一起孕育出的后代，也是贫瘠干枯的。

"我再说一遍，从我家里滚出去。"他声嘶力竭，脖子上的青筋爆了开来。

父亲的唾沫直接喷到了男爵的脸上，男爵从外套口袋里掏出一条白色的手帕，仔细擦了擦。他站起身时，我注意到他比父亲高几厘米，也许是因为父亲已经开始驼背了，年轻时的傲慢已经被岁月的阴霾取代。

"您觉得您是一个好父亲、好丈夫吗？看看她们吧！看看你家这三个女人，你残忍地荼毒了三朵美丽的鲜花。"

天空中仿佛降下一道闪电劈中了他，父亲盯着我们的脸，我们让他感到痛苦。

"从我家出去。"这一次，他一个字一个字，清清楚楚地说道。

"索祖先生，您不能阻止女儿嫁给她喜欢的人。"小皮尔逊说话了。这是我第一次听到他的声音，和煦温柔，十分动听。

"谁说的？你说的？"

小男爵比父亲年轻，他的肩膀依然像少年一样单薄，面容也依然稚嫩，没有足够的震慑力。

"我的女儿永远都不会嫁给你。"

"我们拭目以待。"老男爵回答道。

安吉丽娜是父亲的惩罚，惩罚他的社会主义思想，他的反叛精神和他这些年的仇恨。面对这场对抗，我们保持沉默，直到皮尔逊父子面带微笑地离开。我们一言不发地盯着地上破裂的石块，眼中充满迷茫，一条裂缝就这样打开，将我们的世界一分为二。

第一个开口的是安吉丽娜："我爱他，爸爸，我想嫁给他。"

我能感觉到她还有千言万语在喉咙深处颤抖，她正竭尽全力地抑制它们。

爸爸扬起手来，几个月来积累的怒火，只需小小的刺激便能点燃，化成一场暴力。然而那一次，他突然筋疲力尽地收了手。

"我累了，我去睡觉了。"

"纳尔多，我们得谈谈。"

妈妈解开头巾，扔在桌子上，安吉丽娜哭着摇了摇头。她心里盼望的是这件事，哭的却是另一件事，永远无法达成统一，甚至无法中止。她只是流泪，流泪的原因有许多，但究其根本，是我们的血统。

"皮尔逊家和索祖家永远不可能在一起。"

爸爸简单地说出这句无可辩驳的公理，消失在了分隔卧室与厨房的帘幔后。

又只剩下了我们母女三人。如果我和安吉丽娜能够留在童年，不用长大成人，变成那些提线木偶般的女人，没有既定的路，而是沿着不属于任何人，不属于一切的道路前行，一切也许会简单得多。

"安吉丽娜，乖女儿，我了解你父亲，他很容易生气，但马上就会释然。"

"他不会消气的，我知道。他厌恶皮尔逊，可是这关朱塞佩什么事呢，他和他的父亲不一样，他很尊重我。"

"有其父必有其子，安吉丽娜。"想到贾科莫对我说过的话，我开口了。"阿孙塔奶奶也常常这么说。"

"特蕾莎，你怎么能这么说？连你也不理解我吗？怎么谈到我的事情你这么能说会道，谈到你自己的时候你就遮遮掩掩呢？你给妈妈讲过贾科莫的事情吗？妈妈，你知道你的女儿爱上了女巫的侄子吗？妈妈知道这件事吗？我不嫁给他，希望你能高兴，你就这么回报我？原来我一直是一个人，自始至终都是一个人。"

她再也没说别的，提起裙子跑了出去。我的泪水化作了抽泣，我知道我有多残忍。

4

妈妈叫醒爸爸的时候，已经是深夜了。

"醒醒，纳尔多，安吉丽娜还没回来。"

爸爸睁开眼睛，一脸茫然，仿佛不知道自己身在何处。他怔怔地环顾四周，揉了揉惺忪的双眼。

"什么叫还没回来？"

"纳尔多，意思就是我们的女儿逃跑了，还没有回来。现在已经是夜里了，我和特蕾莎找遍了整个镇子，什么也没找到。纳尔多，她不见了。"

我们拨开屋角生长的刺蓟和柳杉，跨过沿路堆积的砖墙和破碎的瓦片，在小巷间四处搜寻。夜晚很凉爽，阿尔诺的风裹挟着香气蜿蜒进院子，掩盖了地下升起的霉味。这本该是一个美好的夜晚，但是没有安吉丽娜，我快要窒息了，我已经感觉到她的离开带来的空白。

"我们去找贾科莫，他会帮我们找她，说不定还能让她回心转意。行动有时候比言语更重要，赶快走。"

可怜的父亲，他仍然相信女巫的侄子能够像他的女巫姑姑一样，可以读懂人的想法，改变他们的命运。

我们三个沿着树林的小径行走，每个人手里都拿着一支蜡烛。我不害怕，动物的声音惊吓不了我，树木间的鸟鸣和猫头鹰刺耳的啼声也无法让我恐惧，我担心的是接下来会发生什么，这一切将会怎样走向完全不同的结局。

不知道我们是什么时候到达贾科莫家的，天空中没有星星，圆月高悬，格外引人注目。女巫家矮墙边的木桩上按顺序整齐挂着各种用具，菜园里种满了绿油油的蔬菜，窗户全部大开。爸爸轻轻敲门，以免贾科莫受到惊吓。

"你得来帮帮忙，安吉丽娜不见了。"

父亲的语气沉重，但声音压得很低，他重复了两遍、三遍，直到屋里传来贾科莫的脚步声。

"什么叫她不见了？"他不停地整理头发，声音有些凄凉。

"她跑了，贾科莫，她逃走了，再也没回来。"

贾科莫急忙从木桩上抓起衬衫穿好。

"你们去树林里找过吗？"

爸爸摇了摇头。

"我只知道一个地方，她可能会去那里。"贾科莫把衬衫束进裤腰，转头看向我，在这份无言的默契中，我意识到了我的承诺的分量。

"纳尔多，我们去卡尔多塔看看。是不是强盗的鬼魂抓住了我的女儿，把她带走了？"

"卡特琳夫人，你说的这是什么话？鬼魂？强盗？可怕的不是死人，而是活人。"

他的所有现代气质都显现了出来，他厌恨迷信与谣言。他和女巫拥有相同的血统，但却厌恶那些汤剂、流言，以及介于活人与死人之间的不可能存在的生命的传说。

"我的姑姑总是用咖啡渣占卜，但我相信命运是我们自己的选择。”

我想起了在农民的世界里关于命运无数的迷信：从梯子下面走会带来厄运；吃燕子的心会带来好运，不要打翻盐瓶，否则会发生不幸。言语，恐惧与厌恶口口相传，不知不觉中，我们每个人都用自己的双手准备了一道陷阱，成年之始便禁锢了自己。

“如果安吉丽娜逃走了，应该会去找他。”贾科莫说。

“不会吧，我的女儿单独去男爵家吗？”

妈妈画了一个十字，这种可能性比强盗的鬼魂更加危险。刹那间，我的脑海里突然蹦出一个丑陋的想法，把我带回了故事一开始的地方。妈妈不知道，我曾经在昏暗的烛光下偷窥过她的身体，她眼睛里的灰色和蓝色，她身上纵横的沟壑。我在回忆里搜寻她去男爵家献身那一天的模样，她穿着束胸的浅色裙子，嘴唇上抹着橄榄油，头发精心梳理。时间汇聚成气泡，我又想起安吉丽娜头上的白色蝴蝶结，她走到这里，又走到那里，走到上面，又走到下面，最终依然回到了同样的罪恶之中。我揉了揉作痛的太阳穴。我的母亲和安吉丽娜一样，安吉丽娜和母亲一样，她们是同一个残酷魔咒里的两张面孔。

皮尔逊的家和记忆中并无两样，这座巨大的糖果屋在童年的我看来就像国王与王后的宫殿。爸爸粗鲁地摇晃着沉重的美人鱼形状的门环，然后是贾科莫，最后是妈妈。屋里是一个寂静的世界，窗户紧闭，灯光熄灭。如此看来，在沉重的镶花栅栏里，它又如同一座废弃的房子。

"安吉丽娜，安吉丽娜。"爸爸开始大喊，"把我女儿放了，混蛋，我要亲手杀了你！"

爸爸敲得更猛了，贾科莫捡起地上的石头，扔向墙壁和窗户。

"我的女儿，别这样，我的女儿。"

妈妈绝望地拉住头发，似乎想把它们扯开。"我真该死，我真该死！"她大喊。

"安吉丽娜，不要待在这个屋子里了，安吉丽娜。"我喃喃自语。

贾科莫垂头丧气地把石头扔到地上，我也不再祈祷。虽然不可思议，但他的梦想已经变成了我的梦想。对我来说，安吉丽娜属于更大的世界，一个灵魂深处未知的地方，在那里，她是我的救赎，这一点根深蒂固。我的身体裂成了两半，一半想要逃走，但心里的那一半却想要留下。

几分钟后，男爵的随从挎着双管猎枪来了："男爵说，如果你们再这样，他就会逮捕你们。"

爸爸走到门前，抓住珍贵的镶花铁栏，试图连根拔起："告诉男爵，要么把我的女儿还给我，要么我就杀了他。"

其中一个随从冷笑一声，露出了一排残缺不齐的牙齿。又来了一个随从，用皮带牵了两只咆哮的恶狗："不要妄想穿过大门，这些狗可都流着口水呢。"

他们没有再说话，一个接一个地看着我们，然后解开拴狗的皮带，离开了。爸爸和贾科莫试图翻过大门，但恶犬流着口水朝他们身上猛扑。

"没办法了，安吉丽娜不会回头了。"说完，母亲无力地倒下，如同一只空空如也的口袋，"特蕾莎，至少你到妈妈这里来吧。"

我走到她身边坐下，拥抱她。

"都是我的错。"她继续说道，"是我把她变成这样的，是我把对生活的愤懑遗传给了她。"

"妈妈，安吉丽娜是安吉丽娜，这与你无关。"

"女不教，母之过。怎么会没有关系。"

深深的内疚似乎压垮了她，她陷入了旋涡，在那里，恶毒的时间缓缓流逝，她也被囚禁在了那个装着我和安吉丽娜的逼仄的匣子里。

我们憔悴而沉默地躺在地上，就这样等待着黎明。有一阵子，我睡着了，梦见我和安吉丽娜泡在海水里，炫目的阳光映得她双眼闪闪发光。梦中，妹妹微笑着，我也很快乐。海面平静无澜，只是时不时地发出喘息，如同一个在床上辗转反侧的人。

当我再次醒来，眼前的画面仿佛梦中的场景。安吉丽娜穿着一条雪白的镶边睡裙，裙摆一直垂到小腿。男爵的儿子走在她身边，白色的裙子衬得他黑色的衣裳更加鲜明。在她的身后是清晨的天空，乌云影影绰绰，麻雀在树丛间吵闹。我在想，梦里有没有乌云，有没有麻

204

雀呢？

"安吉丽娜！安吉丽娜！"妈妈惊声尖叫。

那时她的叫喊只让我觉得同情，直到现在我也成了母亲，我才明白，面对着无法逾越的镶花栅栏，愤怒的疯狗，男爵随从的枪支阻隔在自己和女儿之间，到底是什么感觉。如今我明白了，那不仅仅是痛苦，是刀子在凌迟自己。安吉丽娜是真的，站在她旁边的男爵也是真的。

"混蛋，把我的女儿还给我！"她继续哭喊。

清晨的阳光在她身上笼罩了一层光晕，她也成了一道光。安吉丽娜朝我们走来，嘴唇颤抖，眼里噙着泪花。

"对不起。"她说，"我别无选择。"

我们四个人在男爵家富丽堂皇的栅栏前站成一排，而她站在另一边。我们之间阻隔了太多东西。麻雀和喜鹊在天空中飞翔，轻盈的云朵在妹妹的身后飘忽不定，指向了一个未知的更加广阔纯洁的空间。安吉丽娜大概是跑过来见我们的，曙光照耀着她光洁的身体，她像云朵一样透明而轻盈，和梦里一样。我失去她了，这个想法如同一只坚硬的拳头，让我的世界变得扭曲。

她怜悯地看着我，仿佛在对我说："我做到了，特蕾莎，现在轮到你了。"

"把我的女儿还给我。"

这次说话的是爸爸，他浑身颤抖，声音断断续续。他在文件上签名的时候也是如此，他犹豫不决地写下自己的名字，墨水在纸张上洇开。

"爸爸，没事的，写得挺好的。"每次看着他迟疑的笔画，我总是喃喃地说。在纸张面前，强大与力量什么也不是。男爵的儿子对他的影响就和纸张一样，因为他的额头上刻着最糟糕的公式，最明确的公理："你是农民，我是男爵。"

"很抱歉，索祖先生，您的女儿在这里过夜了，现在她属于我。您应该很清楚，如果我把她还给您，别人会说些什么，那些唾沫会淹死她的。"

羞耻。

贾科莫踢开石子，焦急地抓住栅栏。

"我们根本不在意流言，把她还给她的父亲和母亲。"

羞耻无处不在。耻辱与流言，流言与耻辱。

我清楚地记得小时候阿孙塔奶奶给我和安吉丽娜讲过，战争年代流言是如何纠缠妈妈的。那时候，我心目中的流言并非是没有生命的东西，它拥有身体，可以改变形态，从门缝底下钻进来，它可以藏在水囊和大桶的后面，可以从最深的地下散发出来。

妈妈紧紧抓着父亲的胳膊，筋疲力尽："纳尔多，再怎么都无济于事了，已经完了。"

接着，妈妈看向安吉丽娜，凝视着她的面孔。我也照做了，我想在妹妹的脸上寻找命运留下的痕迹。

"对不起，妈妈，原谅我吧。当魔鬼抚摸你时，灵魂才会满足。特蕾莎，你也原谅我吧。"

妈妈朝女儿投去了最后一道怜悯的目光。她的嘴唇紧缩，黏在牙床上。她微微张开嘴，仿佛濒死之人得到了神示。那是极其温柔的耳语，如同沉默的祈祷。

"原谅我，妈妈。"

这是安吉丽娜唯一能说的。此后不久，她将成为男爵家的儿媳。我只知道，我失去她了。在那一刻，在那座至少表面上缤纷喧闹的花园里，我的心裂开了一道深深的伤痕。我身心俱疲，只有那首残酷的歌谣在脑海中轰鸣："我知道你，你什么也不是。"

5

男爵的随从给我们发来了邀请函，婚礼将在七月十五日举行。爸爸把它撕成碎片，扔到了大街上："不要再说我有两个女儿了，卡特琳，现在我只有一个女儿，另一个再也不在了，她已经是皮尔逊家的人，和他们一样卑鄙。"

听到这些话，妈妈流泪了，却不敢反驳，因为她知道这无济于事。

他们总是对我说，爱情可以让人变得更美好，后来我也总能读到这样的理论。但我觉得，对于安吉丽娜来说也许并非如此，对于贾科莫来说也是：他对我妹妹的爱没有让他变成更好的人。我看到他顶着乱糟糟的长发在小巷间徘徊，胡须蓬乱，不修边幅，如同一个受到诅咒的幽灵。他来我家的次数越来越少，性格变得乖戾而暴躁。有好几次，妻子们在贝佩先生那里闲谈时提到，女巫的侄子总是找其他农民的麻烦，谁要是和他想法不一样，他就打谁。杂货商那位爱管闲事的女儿说，曾经亲耳听到他独自一人在街上辱骂圣母玛利亚，所有的圣人，还有他生活的这"恶心的世界"里全部的居民。他的声音清晰而响亮，似乎想让更高处的某人听到。女人们谈到这件事时，总是哄堂大笑，露出心照不宣的表情。我知道她们想说："他和他的女巫姑妈一样疯。"或者更难听："他为安吉丽娜·索祖发了疯，那个男爵的婊子。"

灾难接踵而来，一夜之间，阿孙塔奶奶病倒了，但不是那种快速致死的病，病魔如同一条缓慢爬行的蠕虫，侵蚀了她的理智和记忆。她的病来得毫无缘由。六月的那个晚上，妮妮娜婶婶来到了我家，"开门，开门！"她在门口大喊："阿孙塔着魔了。"

我们赶紧跑了出去，父亲骂骂咧咧，诅咒圣人和为我家带来不幸的天命。我们看见阿孙塔奶奶不断地抽打自己的耳光，撕扯自己的头发，高声尖叫，仿佛有一把刀把她分成了两半。

"你在干什么？"爸爸紧紧抓住她，大喊。

奶奶玻璃般的双眼盯着爸爸："纳……纳……纳尔多。"她拉长了发音，似乎突然失去了丈量词语和声音的能力，然后她又看向地面，仿佛有什么东西让她着魔。她浑身战栗，不断颤抖，整个人都在剧烈摇晃。

"纳尔多什么？"妈妈问，"她到底怎么了？她一向脑子很灵活的。"

我们把她安顿在床上，尽管是夏天，还是给她盖上了绣花棉被。爸爸去找医生了。

"奶奶，你在想什么？"我看到她茫然地盯着天花板，问道。

她一脸呆滞地望向我，仿佛一个新生儿，还没有熟悉这个世界。

"是脑袋出了问题。"不久后，医生宣布道，"我们得做检查，不过一般来说，你们得做好准备，这种病一旦开始，就不会结束了。"

医生是个矮矮胖胖的男人，光洁的头发从中间分成两路。他挨个凝视着我们，最后朝我微笑，准备告辞，似乎突然不想再待在这里了。

阿孙塔奶奶又开始说胡话了："安娜，安娜，有炸弹……伊塔文，这里不能再留了。"

安娜是奶奶的妹妹，十五岁时死于肺结核。炸弹是一战炸弹。

接着，她又开始细数曾经的回忆，属于她童年的回忆。她嘴里嘟嘟囔囔，回顾着过去的事物，时不时掺杂一些毫无意义的词语。爸爸的眼眶溢满了泪水，他转过身去，不想看到奶奶这般模样。我走到奶奶身边，坐在她瘦小的身体旁，她蜷成一团，如同一粒核桃仁缩在被子下面。我抓住她的手，她絮絮叨叨的声音突然停滞了片刻。

"安娜，你变得好美。"她对我说。但她的眼神空洞，一束古老的光转瞬即逝，只剩下黑暗的深渊，"你什么时候回来的，安娜？"

我试着提醒了她好几次，我是特蕾莎，是她的孙女，但后来我明白了，这根本无济于事，我的每一次尝试都会让她更加迷惑。

"我回来了。"我只好说，"我再也不会离开了。"

我的回答让她心满意足，她幸福地笑了："安娜，你变得好美。"

那一刻，她在我眼中也很美。从那天晚上开始，妮妮娜婶婶、洛丽娜、妈妈和我开始轮流照顾奶奶。她走路、吃饭都没有困难，但心智却在一直倒退。她沉浸在过去的世界里，重新经历了人生的各个阶段，在那个世界里，寒冷、炎热、温饱、饥饿、幸运与不幸都是荒谬的毫无意义的数字。渐渐地，她再也控制不住自己的身体和本能，一边打着哈欠一边流口水。控制着她的意识的那个世界对我们来说是陌生的，那是一种隐藏的力量，让她的理智一闪而过。在那些罕见的情形下，她的目光突然变化，表情在烛光的照耀下变幻莫测，她的眼睛上覆盖了一层将死之人的光泽，还有深不见底的悲伤。

"安吉丽娜在哪儿？我想见见她。"一次，她说。

母亲找到牧师，请他帮忙去喊安吉丽娜。

安吉丽娜在婚礼五天前来了，那天是周日，我、妈妈、妮妮娜婶婶和洛丽娜，我们都在那里。她美极了，穿着窸窣作响的塔夫绸连衣裙，一双高跟鞋衬托得脚踝无比纤细。她扑向我，搂住我的脖子，我闭上双眼，闻到了她身上茉莉花的香气。妈妈曾经再三发誓，即便安吉丽娜迈进这道门槛，她也不会看她一眼。但当女儿真的站在她面前，她还是没能控制住自己。她紧紧地抱着安吉丽娜，泣不成声。

"老太太，快看看是谁来了？"

阿孙塔奶奶坐在窗户前，尽管天气炎热，她的腿上依然盖着毯子。

"安娜，你变得好美啊。"

安吉丽娜看向我，我点了点头。那时我才明白，在阿孙塔奶奶的心中，安娜就是这世间一切美好的代名词。然而不久后，阿孙塔奶奶的病情恶化了，最后几个星期里，她努力阻止思绪的汹涌，它们在脑海中波动起伏，如同一张再也无法拼凑的碎布，一点一点地脱离了她的掌控。我明白，这种努力让她绝望而困惑。阿孙塔奶奶被囚禁在一个不属于自己的身体中，她只会着魔般重复着一件事，就是反复地写下我们对她的称呼。阿孙塔。她把报纸、杂志、信封裁成三角形，写了一遍又一遍。阿孙塔，阿曼多的妻子，纳尔多的母亲，阿孙塔，阿孙塔。然而那段日子里，她写字的手开始颤颤巍巍，字体愈发潦草，无法辨认。她名字的第一个字母还很清晰，写到最后却变成了一条不规则的、歪歪扭扭的线条。渐渐地，她也看不懂自己以前写的东西了，她只是看着，全神贯注地盯着它们，希望弄清它们的含义。然后她愤怒地撕碎它们，却没有勇气丢掉，而是藏在抽屉里、枕头下，作为留给后人的线索。

6

"爸爸怎么样了？"

安吉丽娜在阿孙塔奶奶身旁坐下，奶奶凝视着她，不时地举起手，想要抚摸她的脸颊和头发，但却没有触碰她的身体，而是像画家创作一样在空中描绘她的轮廓。

"挺好的。"妈妈回答说，没有告诉她父亲已经变得沉默寡言，对每个人都漠不关心，虽然人还在这里，心却早已远去。"你呢？"妈妈问她。

安吉丽娜笑了，眼睛闪闪发光。她不知道，我们的母亲每天下午都会出门，踏上通往白色庄园的道路，但却从未走到过大门前，也从未叩响美人鱼形状的门环，只是远远地注视着外墙，墙里有她的女儿。她期盼安吉丽娜能从某棵大树后面出现，抑或在帘幔间现出身形。她回家的时候，脚尖轻快地踩在门框上，痛苦似乎也减轻了许多，看到她的神情，一下子就能明白她去了哪里。

我常常会梦见她。梦里有一个年轻女人，是她又不是她。那个女人拥有和我一样细软的金发，但却长着安吉丽娜的脸。她发出一阵笑声，一开始声音很微弱，像雪一般轻柔，然后爆发开来，最后又在沉默中戛然而止。起风了，寒冷刺骨的西北风抽打着树木。男男女女的声音交叠在一起，却被一阵旋律盖住，那是我和安吉丽娜曾经在电影院听过的音乐，甜美而凄凉。我的梦境不断产生，又不断破裂，直到变成一片黑暗，色彩和声音的黑暗。我醒了。我嘴里喊着妹妹的名字，但她却不在身边。我用双眼寻找她的身影，好一会儿才回到现实，意识到我已经失去了她。

"安吉丽娜，我的女儿，在你离开之前，我要给你看样东西。"

我看着母亲消失在阿孙塔奶奶狭窄的卧室，我从小就很害怕那里，那是个阴暗的房间，墙上挂着圣人的肖像，巨大的深色帘幔让我觉得窒息。母亲重新出现了，手里拿着衣架，衣架上挂了一件白色的裙子，如同一朵蓬松的云，在手里显得格外庞大。

"这是我嫁给你父亲的时候穿的衣服。"

安吉丽娜还没有碰到裙子，妮妮娜婶婶、洛丽娜，还有阿孙塔奶奶已经争相接了过去，她们掂量着裙子，抚摸上面精致的绣花。洛丽娜的眼中泛起了泪花。

"安娜。"奶奶困惑地说,"你没有告诉过我你要结婚啊。"

在安吉丽娜脸上,我看到了惊讶而幸福的表情,从小面对惊喜时,她就是这副模样。

"妈妈,您这是做什么?我不配穿这件衣服。特蕾莎,你看这衣服多美啊,我不配穿,对吧?"

裙子已经有些泛黄了,妈妈不断地抚平下摆,用唾液涂抹褶皱处灰色的污渍。

"我的女儿要结婚了,我以前一直说,这条裙子要传给我第一个成为新娘的女儿。"

安吉丽娜紧紧拥抱着她,泪如泉涌,她哭得太过伤心,以至于我们每个人也都忍不住流下了泪水。阿孙塔奶奶也哭了,然而她已经完全不记得皮尔逊和他的家族。我想,妹妹已经选择了自己的道路,现在轮到我了。我对自己说:"我要幸福起来,安吉丽娜现在很幸福,我也要幸福。明天会是阳光灿烂的一天,凉爽的微风拂过头发,田野欣欣向荣,小镇温暖舒适,我必须快乐。"我一次又一次地对自己说,重复的次数越多,脑海中就会积聚越多的画面。熏黑的厨房、褪色的石板、院子里的鸡屎、褪色的衣服、鞋垫脱离的鞋子。我想象着这一切朝我袭来的场景,不由得心跳加速,膝盖颤抖。眼前的小巷浮起一层迷雾,遮蔽了我的视线。

爸爸一回来就看到了婚纱和所有女眷齐声痛哭的场面，不由愣住了。我颤抖着，看到他的身上笼罩着一层孤独的光晕，表情变得僵硬，

"这是怎么回事？"

"爸爸，我来看看奶奶。我听说她身体不好，总是说胡话。"

父亲阴沉沉的眼睛盯着她："痛苦的根源从来不知道自己会对别人造成什么样的影响。想到自己的孙女要嫁给一只狗的儿子，谁都会疯的。"

"你在说什么呢，纳尔多？"妈妈皱了皱眉。

"我在说什么你没听到吗。安吉丽娜，你有没有问过你的奶奶，她的父亲是怎么死的？"

安吉丽娜发出"啧"的一声，看向阿孙塔奶奶，但奶奶正全神贯注地看着自己的双手。她把手悬在半空中，仔细检查，仿佛这些手指，这整个手掌都不属于自己，有必要细细研究，赶快熟悉起来。

"你知道吗，妈妈？"

妈妈低下了头，盯着地板。

"你们出去。"爸爸对妮妮娜婶婶和洛丽娜说。

她们俩已经习惯了父亲突然的变化，没有表示出对任何人的同情，匆匆离开了。

"他像狗一样被杀死了，安吉丽娜，身上被捅了十七刀。他以前是老男爵的农场管理人，老男爵就是你的爱人朱塞佩的爷爷。"父亲

朝地上吐了一口唾沫，念出了那个名字，"男爵借口说他偷钱，但其实只是因为受不了他在雇农当中的威信高于自己。男爵一直都是一个贪婪的、可怕的人。你的曾祖父从田地里回来，男爵的走狗就堵住了他，用刀刺了他十七次。"

阿孙塔奶奶透过玻璃看向外面的街道，嘴里缓缓念着安娜的名字，仿佛在祈祷。

"你未来的丈夫就是这种魔鬼的血脉，安吉丽娜，你记好了，有其父必有其子。"

妈妈手里的裙子掉了下去。这就是恶。安吉丽娜是善，男爵是恶。在阿孙塔奶奶如孩童般天真的眼中，只有善与恶、黑与白。她心中那些细微的差别已经消失殆尽，如同我们摆脱无用的东西一般，她自由了。

"你走吧。"爸爸下逐客令了，"你已经和那个混蛋扯上了关系，就再也不是我的女儿了。"

看着安吉丽娜走出家门，我的眼泪莫名地汹涌而出。眼前闪过一段记忆，我和安吉丽娜还小的时候，每次她做了噩梦，只有我安慰她还远远不够。我们手拉着手下床，移开厚厚的帘幔，出现在爸爸妈妈面前。记忆里我们只穿着白色的内裤，一直束到腹股处。"怎么了？"爸爸问。"安吉丽娜做噩梦了。""没事的。"他说，"梦里的坏事都是假的。闭上眼睛，想想开心的事情，一切都会过去的。"

7

几天后，在从阿孙塔奶奶家回去的路上，我再次见到了安吉丽娜。她在马路对面，近乎尴尬地向我走来，摸着自己的额头，东张西望。这不自然的模样一点也不适合她，我不由心生怜悯。我不在乎她嫁给了杀人犯的孙子，也不在乎那些女人们的闲言碎语，因为流言无处不在，玷污了我们所有人的生活。她是我的妹妹，我只在意这个。

"安吉丽娜，你想去海边吗？我和你，就像那次在圣乔瓦尼的时候一样。"

她把手抬起，缓缓靠近我的手，手指轻轻抚摸我的掌心，然后点了点头。

我们乘上公共汽车，一路上凝视着飞驰而去的房屋和田野。我偶尔透过玻璃反光偷看我和安吉丽娜的脸。没有人会说我们是姐妹，我们甚至没有一处是相似的。看着她黯淡的瞳孔，我有些喘不过气来。我们一左一右，如同两个布娃娃，伸直了胳膊和腿，被命运巨大的双手玩弄。

"安吉丽娜，说真的。我希望小男爵能给你幸福。"

她什么也没说，似乎沉默也困住了她。

我们没有下水，只是坐在海边眺望地平线，安吉丽娜哼起小调，那是镇上的女人在田间唱哼的曲子，名叫《农民的心》："你是吹动不了树枝的风，你是生长不出粮食的麦，你像阳光却不温暖树叶，你像骡子却不辛勤劳作。"

我想，我也是这样的，我是吹动不了树枝的风，是长不出粮食的麦，是不温暖树叶的阳光，是不辛勤劳作的骡子。

你也是这么想的吗，安吉丽娜？

两天后，七月一个温暖的早晨，城堡的钟声响彻整个小镇，老男爵一路护送安吉丽娜走到了圣玛丽亚·安农齐亚塔教堂。爸爸拒绝参加婚礼，前一天晚上，他和妈妈大吵了一架，一直吵到深夜。爸爸打破了水池里的两个盘子，妈妈号啕大哭，两个人都怒不可遏，诅咒起他们相遇的那一天。

许多年前的那个雨天，他温柔绅士的举止、洁白整齐的牙齿和宽阔有力的肩膀令她神魂颠倒。而他也对她一见倾心。如今，他们残忍地背叛了一起度过的每分每秒，也许他们也想知道，究竟从什么时候开始，一切都在朝着相反的方向行进，他们的人生道路不再重合，而是背道而驰。

爸爸夜里出去了，或许是去乡下的作坊里睡觉，而妈妈在织布机前忙活到很晚。

"别担心，乖女儿。"她对我说，"你会遇到一个好男人的，他会很爱你，像一位绅士那样对待你，就像你的妹妹一样。你还记得秘密盒子里的照片吗？"她颤抖着晃晃手，"找出来，把照片找出来。"

我照做了，把照片亮给她看，仿佛这是她第一次看见这张照片。

"你知道怎么回事吗，特蕾莎？照片里我身旁那个男人，已经消失很久了，很久很久。"

清晨，妈妈展开一条天鹅绒的红地毯，从家门口一直铺到小巷的角落，卖花人在毯子上撒满了白玫瑰的花瓣。新娘没有从自己的家出嫁并不重要，每个人都应该记住，在她长大成人的那堵围墙外，她的妈妈陪伴着她，尽管只是精神上的陪伴。

妈妈哭了一整夜，是因为快乐还是因为悲伤，我不知道。她黎明时醒来，点燃圣母玛利亚的蜡烛，在秘密盒子前跪了一个小时。她把圣母的雕像、蜡烛和耶稣画像排成一排，画像上，耶稣的心脏处绘着一圈射线，朝每个方向吐出火舌。

"过来，特蕾莎，来替你的妹妹祈祷。"

于是，我也跪在地上，她每祈祷一句，我就顺从地念一句"阿门"。

"圣母马利亚保佑，耶稣保佑。"

"阿门。"

"圣母马利亚，请保护她吧，耶稣，请让她远离危险吧。"

"阿门。"

我们就这样祈祷着，直到教堂的钟声敲响七次。

"现在让我们打扮一下吧。"

她用手掌抹了好几次眼睛，努力让自己因为激动而嘶哑的声音变得清晰。我不知道她在想什么，但我能想象到，她和我一样不安，幸福中掺杂着未知而又莫名的遗憾，一种不幸的预感。

她为婚礼缝制了一件鲜灰色的女式西服，紧身裙一直包裹到小腿。而为我准备的是一件毛衣，套在瘦弱的我身上有点像个麻袋，但质地十分光滑，在皮肤上窸窣作响。

高跟鞋的后跟总是卡进石板的缝隙，我们不得不放慢脚步，终于走到了钟楼附近的游行队伍里。女人们都跟在新娘旁边，老男爵挺着胸脯，意气风发。

"这是科佩蒂诺最美的女人！"一个年轻的单身汉在十字路口等待队伍通过，大声喊道。安吉丽娜身着白裙，光芒万丈，小伙子看着这白色的华丽景象，狂热地喘着粗气，挥舞双手。

家庭主妇们从装点着鲜花的阳台上抛撒米粒和花瓣，孩子们追逐打闹，在受邀的宾客和仅仅出于好奇的观众当中跟跟跄跄地奔跑，人群越来越密集，队伍逐渐靠近教堂。农民的女儿成了男爵夫人，真是太走运了，这等好事能落在谁的身上呢？

这几个月，安吉丽娜圆润了一点，也许是因为爱情的滋润让她心满意足。这些增长的体重让她变得更加富有魅力。她很幸福，我看到了，幸福至极，我也为她感到高兴。走到城堡的拐弯处，她驻足片刻，低下头调整呼吸。男爵俯下身来等待着她。这番场景定格在我的脑海中，好让我在平静的时候滔滔不绝地描绘。我们所有人都认识的那个易怒的、粗暴的、专横的刽子手，在那一刻显得温柔体贴。但我知道，我不能仅仅因为那一面印象就信任他。日复一日，我们每个人都有好的瞬间与坏的瞬间，而在那一刻，我选择只保留男爵美好的瞬间。

"你还好吗，妹妹？"我问她，距离教堂只剩下几米了。

她点点头，调整面纱，环顾四周。

"天啊，好多人啊。"她突然一阵心悸，感叹道。

"科佩蒂诺最漂亮的姑娘结婚了，所有人都想来看看。"我微笑着对她说。

"如果小男爵让你伤心，我发誓我一定会亲手扭断他的脖子。"妈妈说。

"你们一定会生出世界上最可爱的孩子。"妮妮娜婶婶也走到我们身旁。

我吓了一跳，我从未想过教堂外等待着她的新生活，她将投入男爵儿子的怀抱，他们是妻子与丈夫。这一切发生得太快了，我还来不及考虑到每一件事。我的妹妹会成为一名妻子，成为一名妈妈，她很快就会走过一个女人命中注定的所有阶段。而我还和小时候一样充满缺陷，是个极容易被忽略的无名小卒。

与此同时，男爵直接从塔兰托请来的乐队来到队伍中间。乐手们半眯着眼，防止被女人们为了表达祝福从门口抛撒的米粒、花瓣和硬糖砸中。日暖风和，婚礼队伍撒下的花瓣，连同阳台上落下的叶子，一齐被吹到了街道的另一侧。

走到教堂前的空地上，安吉丽娜驻足片刻，调整衣裳，她抬起脚来，穿着高跟鞋在石板上走路让她受尽折磨。妈妈掏出她小心翼翼收在黑色手提包里的白手绢，擦了擦她的颧骨，最后帮她整理了一下妆容。安吉丽娜很美，是一种从来没有过的美丽。

"我的宝贝要嫁人了。"妈妈努力抑住泪水，感慨万千。

她用手指轻轻揩去眼角的泪滴，仿佛在擦除纸张上的油墨。安吉丽娜握住她的手，母女俩短暂地对视了一眼，却漫长得如同一生。一个从另一个的眼里看到了美丽、爱情与恐惧。一个的生命正在消逝，而另一个正在萌芽。

"你的快乐就是我的快乐。我永远爱你，我们之间的感情坚不可摧。"我想象着妈妈的耳语。

我们走进教堂，男爵的儿子穿着深蓝色的双排扣西装，在圣坛上等待安吉丽娜。女士们已经就座，只有卖花人还在入口处和中殿之间徘徊，害怕男爵对她的花饰不满。

妹妹的新郎年轻俊美，优雅精致，脸颊像女子一样光滑，充满魅力。

安吉丽娜身子微微前屈，颤抖了一会儿，但很快恢复如常。卖花人在教堂的每一处板凳上都装点了橙花，在这花香之中，安吉丽娜走向了小男爵。柔软的面纱下，她完美而娇嫩的面庞若隐若现。我的脑海中时不时闪过一些模糊的画面。在那间高贵的、装点着来自世界各地的物品的大厅里等待母亲的老男爵，在黑暗的卧室里撕扯开妈妈的衬衫，探索她完好而柔软的身体，侵犯她如闪耀的火焰般倔强的私处的强徒。

我晃了晃脑袋，叹息："是时候丢下过去了。"我对自己说，"万事向前看。"

男爵把安吉丽娜交给了他的儿子，年轻的新郎勾起嘴唇，微微一笑，落在新娘脸上的视线转向了马里奥牧师，牧师张开双臂，等待着婚礼仪式的开始。人人都知道，牧师沧桑的嗓音极富戏剧性，即便是最欢快的场合也能感染人心。那一次，他开始回忆起新郎多年前去世的母亲，那可怜的女人只留下了一个孤儿。思念令坐在长椅上的家人轻轻啜泣。牧师继续娓娓地讲述着不幸与孤独，讲述我们的男爵先生如何含辛茹苦地养大他的儿子。教堂穹顶下充斥的呜咽声愈多，马里奥牧师就愈陷入千疮百孔的痛苦和死亡之中，仿佛在葬礼上进行训诫。直到最后，他才厌倦了讲述逸事与布道，借用《赞美歌》里的歌词说了几句空洞的婚礼祝福语，然后用一句"承神之佑"结束了这一切。这时，乐队从教堂门前的空地上走了出来，西风在大地上呼啸，吹得他们筋疲力尽。他们奏响了婚礼进行曲，迎接这对新人。

安吉丽娜挽着丈夫的手臂，穿过教堂中殿，我闭着眼，从一数到十。"这世上再也没有安吉丽娜了。"我告诉自己，"现在的安吉丽娜是另一个人，从此以后只有皮尔逊夫人。"

8

我从睡梦中惊醒过来。"妈妈。"半梦半醒间，我喃喃低语，伸长手臂触碰到了她的身体。我翻了个身看着妈妈，她在我身旁熟睡，似乎十分瘦小。房间中央摆着一张大桌子，上面铺了一条绣花桌布，仿佛不久前还高朋满座。窗户下原本是织布机，很久之前妈妈就扔掉了，现在那里是爸爸睡觉的单人床。毯子下面只能隐约看见他凸起的膝盖，我能听到他不安的呼吸声，他睡着了，我很高兴，至少这一刻，他在别处。

唤醒我的是一阵规律的滴答声，下雨了。我没有被淹死，只是下雨而已。我梦到了贾科莫，我和他在圣乔瓦尼前面的大海里游泳。海水奇迹般温暖而平静，我们离岸边已经很远，但依然能踩到地面。贾科莫时不时地停下来，站起身，用手轻轻抚摸海面。而我眺望着地平线，梦里的我以为走到那里并不难，只要一直向前，便能到达彼岸。我就这样走着，双脚在沙子里越陷越深，越往前走，脚下的沙地越松软，双腿越沉重。"贾科莫！贾科莫，拉我一把，把我拉上去。"我大喊。他朝着我的方向奔跑，游泳，竭尽全力划动手臂，而我却越来越远，直到海水淹没我的脸庞。但我并不害怕，也不再大喊，周围只剩下一片寂静，安吉丽娜在水下，安吉丽娜。

我坐在床上，规律的滴答声钻进了我的梦里，陪伴我的死亡，现在我醒来了，它还在那里，仿佛噩梦中的一部分已经成为现实。我想找一个舒适的姿势重新入睡，但最后只是平躺着，盯着天花板。滴答声变得密集起来，还掺杂了窸窸窣窣的嘈杂，如同倾泻的河流。我一跃而起，走到窗户边。外面下起了倾盆大雨，雨点粗鲁地从屋檐上落下。小巷的阴沟是倾斜的，雨水形成一条小河，沿着小巷朝广场流去，每次下大雨时都是这样。浑杂的水里流动着废纸、蔬菜残骸和塑料袋，小巷里所有腐烂的东西都被冲刷得干干净净。

"也把我冲刷干净吧。"我喃喃自语，"还有这个家。"

我家又进入了一个新的阶段，爸爸沉默寡言，妈妈一有机会就跑出去偷看安吉丽娜。女人们议论纷纷，好奇有一个男爵夫人女儿会是什么样子。

什么样子呢？

我像小时候那样偷窥母亲。看她在一边在锅里搅拌，一边抬起头盯着面前的墙壁发呆，看她离开家门，迈着轻快的步伐消失在小巷转角。她盯着地面，沿着手推车和人行道行走。

自安吉丽娜结婚已经过去了一年。那段时间，安吉丽娜每个月都会来家里两趟，但她不再是她了，有时候我觉得她如同灰烬中央闪烁的一小束光，转瞬即逝。

"安吉丽娜，你还好吗？"

"挺好的，妈妈。"

"你过得开心吗？小男爵对你好吗？"

"嗯，他对我很好。爸爸怎么样？"

"他也挺好的。"

我对她的生活一无所知，但我知道，她已经与我们认识的那个安吉丽娜截然不同了。我相信，在那座巨大的白色房子里，时间会以另外一种节奏流逝，那里的日子属于另一个平行的，与我们不相容的世界，拥有自己邪恶而不为我生活的现实所容忍的法则。妈妈已经放弃探索那个世界，在我们和安吉丽娜之间升起了一道无法用言语形容的帷幕，仿佛一块无人之地，把我们从现实世界中拯救出来。

我常常在黎明时分醒来，有时候安吉丽娜会走进我的梦，有时候是贾科莫，他们俩都让我无法入睡。贾科莫再也没有在我家出现过，我只偶尔在街上遇到他，他那张历尽沧桑的脸直勾勾地盯着我，然后一言不发地走开。我不知道如果站在他面前，我会说些什么，但我能感觉到，我们之间有些什么，我想去弥补。于是，一天早晨，我穿过小巷去梅扎·皮特时，转向了他的房子。

夏天又来了，黎明的空气让我神清气爽，我并没有因为要去见他就想方设法打扮自己，那个时候我对这些并不感兴趣。我穿上一件被太阳晒得褪色的衣裳，趿着后跟磨损的凉鞋，头发短得像个和尚，春天的时候我染上了虱子，不得不把头发全部剃掉。

我到那儿的时候，贾科莫正在客厅里，他刚刚宰完一只母鸡，鲜血从母鸡的脖子涌出，一直滴到铝制的小盆里。四周的空气里充满了铁和糖的味道，我默默地凝视着他，心中只想逃离，消失在这里。他穿着一件短袖，上面破了好几个洞，两条粗壮的手臂血管分明、肌肉发达。一只花斑猫突然从他的双腿间跳了出来，我不由分了神。

"你来这儿做什么？"

他仿佛一个与世隔绝的人，切断了与所有人，甚至与自己来往的桥梁。他提着母鸡的爪子盯着我，我试图在脑海中烙下他所有的特征：清澈的双眼、褐色的瓜子脸，短粗的寸头，瘦削的颧骨。

"你来这儿做什么？"他又问了一遍。

我在想，贾科莫是怎么变成这样的呢？他刚刚来到我们这片土地的时候，既不英俊，也不机灵，既不强壮，也不聪明，也许一开始他只想成为一个普通人，但是日复一日，他身体里另一个贾科莫占据了上风，那个贾科莫和原来的不同，随着时间的流逝，他发现自己不想变得和其他人一模一样。相反，那些人让他感到愤怒，让他变得粗暴不堪，充满怨气，持续不断的怒火扭曲了他的面颊，让他从不久前那个男孩变成了我面前这个粗鲁的男人。

"我来看看你过得怎么样。"我硬着头皮回答道，但他的目光冷若冰霜。

他把母鸡放进了盛满水的盆子，洗了洗手："我很好，不用为我担心，明白吗？"

他看着我，等待我的回答，但我却无法回应。他转过身去，抬高声音："我第一次听说这件事的时候，一点也不相信。安吉丽娜和小男爵？纳尔多·索祖的女儿怎么能爱上男爵的儿子？那些人习惯了拥有一切，我们这些无名小卒对他们来说一文不值，他们利用完我们，就会把我们丢弃。"

"我想你，你知道吗？"

我不知道为什么要对他说这个，也许我只是在自欺欺人，我觉得妹妹在树林里的选择给我带来的痛苦比他要多，只是在家我无权抒发自己的悲伤，因为我父母的痛楚已经占据了所有空间。

贾科莫走到我身边，我们沉默了片刻，彼此凝视着对方。他抬起手，抚摸我的一缕头发，鸡血的味道让我有些恶心，我双腿发软，感觉筋疲力尽，但却并不是因为疲倦。

"你和你妹妹太不一样了。"

他是个孤僻、粗犷、鲁莽、暴躁、易怒的男人，但即便他有这么多的缺点，我的心却不可理喻地依然为他沉沦。

"特蕾莎，救救你自己吧，你妹妹很可怕，但至少你不要再待在这里了。逃走吧。"

他是如何从我身上看到别人看不到的东西的，我百思不得其解。我问自己，贾科莫·皮萨努是不是也会读心术，他能通过身体的信号读懂我，看到我的脸上、身体上浮现出的虚伪的爱。

安吉丽娜的身体已经属于偌大农场纯白的围墙内，属于那些古董家具、筑有城垛的花园，还有我小时候见过的池塘，池塘里睡莲亭亭玉立，母鹅游弋其中。

"安吉丽娜过得怎么样？"贾科莫问我，他向后退了几步，仿佛过近的距离会破坏他的空间，"她还好吗？"

我点了点头。

"她幸福吗？"

她幸福吗？这个问题我也问过自己好几次，但却从来没有勇气问过她。"我不知道，我觉得是吧。"

贾科莫回味着我的话，转过身去。一股悲伤的力量令我伸长了手臂，我在心里抚摸着他，描绘他肩膀、宽腰和臀部的轮廓。我闭着眼睛，想象在一个阳光普照的日子里，天空晴朗，偶有浮云散落，我就在他身边。我穿着天蓝色的裙子，和我眼睛的颜色极为相衬，他穿着白色衬衫，纯白无比，和妹妹婚礼那天穿的裙子一样洁白。每一帧画面都如同爆炸后炸弹的碎片，铭刻在我胸口。曾经有一位朋友告诉我，我们一生中最好的时光就是那些早早逝去的时刻。也许正因如此，我从来没有忘记过我们那场沉默的告别。说到底，贾科莫和我是同类人，我们都讨厌无用的话语。我从来都不知道我对他的感情到底是不是真正的爱情，那是一种无法理解的感情。我确信，在我们的生活中还有许多其他无法理解的感情，恐惧、噩梦、憎恶、痛苦和爱，它们的诞生从来没有真正的缘由，但依然无比真实。

那是我最后一次与贾科莫对话。后来，我终于放弃了，我和他就像索祖和皮尔逊一样，属于两个永不交叉的世界，我们之间的距离不是因为出身，不是因为血统，而是灵魂的遥远。

后来，我再也没有见过他。两周后，他动身去了都灵。爸爸告诉我们，他在工厂里找了一份工人的工作。爸爸一边说，一边用手掌擦干眼角的泪水。他甚至没有来和我告别，也没有和妈妈说一句话，就这样离开了，和来时一样，形单影只，孑然一身，和外人没有任何联系，就像接生婆的丈夫马格吉亚图一样。

即便是今天，我依然记得他被太阳灼烧的皮肤的气味，那是烟草的味道，是成熟苹果的味道，是采摘橄榄的布袋底部散发的味道，酸涩，强烈而独特。

9

那天没有起风，阳光洒满广场。老人坐在钟楼的矮墙边你言我语，高谈阔论，仿佛在进行一场混乱的大合唱。年纪轻些的则看向我，凑在邻居耳边窃窃私语。一位老妇人朝我走来："你是谁的女儿吗？你是外国人？你的脸让我想起了某个人。"

我已经不记得那位老妇人的模样了。她的脸，还有小镇上其他女人的脸，都像识字课本里的树木图案一般，简单乏味。她没有等到我的回答，就从我身边走了过去。小镇似乎变得人烟稀少，四周大部分都是皱巴巴的面孔，鲜有孩童在小巷子里追逐打闹。我决定再去贝佩先生那儿看看，然而一到那里我就发现，就连那间店也面目全非了。原先的招牌已经撤去，转而代之的是几个不断闪光的彩色文字，"食品杂货店"几个字熠熠生辉。我探头进去，里头的味道还和小时候一样刺鼻。贝佩先生已经去世了，柜台后面摆满了大大小小的玻璃瓶，一个干瘦的女人披着一件没有系纽扣的衬衫，嶙峋的肋骨十分鲜明。

"有什么可以为你效劳的吗，你的脸看起来很熟悉。"她对我说，不再与其他顾客闲谈。

"我是特蕾莎，特蕾莎·索祖。"

贝佩先生的女儿从头到脚打量了我一番，仿佛是在市场上称量货物。"啊，是你，男爵夫人的姐姐。"她转向那几个年轻的妇女："你们那时候还小，应该不记得了，这位女士的妹妹嫁给了朱塞佩·皮尔逊。"

她们偷偷盯着我的脸，似乎想仔细观察男爵夫人的姐姐有什么特殊之处。我觉得有些窒息，不安地走了出去，依然能感觉到贝佩先生女儿的目光落在我身上，窥视着我。

我在心里默默数数，放松呼吸。

一、二、三……

这里没有人可以伤害我。

一、二、三……

往事已成云烟，但我依然能感觉到有一种古老的诅咒包围着我，比卡尔多塔的诅咒还要强大。女人们的闲谈、强徒的声音、女巫的宣判都是这里过去、现在与未来的一部分，如同一个有血有肉的人，紧随在你左右，无论你身在何处，都能让你迷失在世界中。

我继续向前走，想去公墓看看妹妹和阿孙塔奶奶。这件事我想独自一个人完成。我穿过一排柏树，心脏悬到了嗓子口，我已经五年没有去安吉丽娜的墓地看过了。

公墓新修了一部分，一开始，我迷失在新建的围墙之间，几十张陌生的面孔在他们的相片里朝我微笑。我穿过迷宫似的小径，在一棵古老的柏树下，在阿孙塔奶奶的墓碑旁边，认出了妹妹的墓碑。我在她们的照片里寻觅祖孙二人的相似之处，他们还活着的时候我就没有找到，现在依然没有。妹妹的墓碑前有一支妈妈以前想种的攀缘玫瑰，在这个季节里，依然含苞待放。

"你还好吗，安吉丽娜？"

我仿佛听见她在呼唤我，她傲慢的声音从小巷深处传来，从小她就是这么和我说话的。我身后有一个女人在哭泣，旁边一排墓碑前有两个女孩在微笑。而我却很平静，我感受到一种奇异的安宁，过去我们俩之间的种种差异，我对她的那种复杂而阴暗的感情，似乎都被魔法消解了。她做的事情似乎总有千万个理由，又似乎毫无理由。我轻轻对她说："因为你是你，安吉丽娜，因为我是我。"

回到家，我发现爸爸斜靠在床上，背后枕着三个靠垫，妈妈坐在他身旁，手里举着一页纸和一支笔。

"爸爸说他想立遗嘱，一个朋友来找了他，对他说：'写吧，要写上地点、日期，然后签名，遗嘱得全……全手……'"

"全手写遗嘱，妈妈。但是这有什么用呢？我们家就只有我们几个而已。"

"我知道，特蕾莎，但他还是想这么做。"

我又拉来一把椅子，坐到父亲身边，看着他握着笔，仿佛一个还在上学的小男孩，不由得回想起他曾经面对一纸文字的尴尬。他开始缓慢地书写，手里的笔颤抖着上上下下，一开始似乎只是简单的涂鸦，慢慢地成了形。

"房子留给我的妻子卡特琳娜，这一生她都伴我左右。她死后，留给我的女儿特蕾莎和她的子孙。"

他的表情很专注，时不时停下来休息一会儿，一直动手让他有些疲倦。

"纳尔多，就这样吧，你尽力了。"

但他继续列举着每一样东西，这些都是他这一生辛苦积攒的。

"财产一分为二，由我的妻子和女儿平分，战争期间的书信、父母的照片和带有萨沃伊印章的邮票留给我的孙女朱娅莉，希望她妥善保管，让我们永远活在记忆之中。土地留给贾科莫，虽然他在我生命里出现的时间很短暂，但对我来说就如同亲生儿子。"

贾科莫。这么多年过去了，仅仅是听到他的名字，就能让我大惊失色。我不知道一份从来没有存在过，如今也已没有意义的爱情是否值得怀念，但他再一次融入了我们家庭的宿命。

爸爸一边写一边看着我，似乎在征求我的同意，我注视着他瘦削的颧骨和肩膀，消瘦的脸颊，盛装也掩盖不住的虚弱，不由自主地心软下来。我不敢相信他就要离我们而去，他疲惫地说出最后的遗愿，生命也一点点消逝。想到要失去一个人，总是不习惯的，你没有办法像闭上眼睛等待注射器的针扎进皮肤那样做好准备。你只能努力忘记身体的疼痛，希望未来不要再有痛苦。那好吧，爸爸，如果你希望由贾科莫继承你用血泪挣来的土地，那就这样吧。

"还有最后一件事，卡特琳，帮一下我，帮我用胳膊把纸压住。"

"特蕾莎，帮他把纸扶正。"

母亲的声音充满恐惧，我知道她害怕那一刻已经到来，但她的良心还没有获得自由。

我该死，我该死。

不，妈妈，你不该死。

"我原谅我的女儿安吉丽娜，也真诚地请求她能够宽恕我。安吉丽娜，希望到了另一个世界，你能来找我，活着的时候没能说的话，我们死后慢慢说。"

泪水顺着他的脸颊滑落，滴到他柔软的薄唇上。父亲长长地叹了一口气。我想，他应该是心满意足地走到了生命的终点。他握住我的手，把遗嘱交给了我。

"爸爸，谢谢你，也代表我的丈夫和女儿感谢你。"

他微微一笑，半闭双眼："还没有结束呢，特蕾莎，继续，把一切都说出来，我应当知道这一切，否则遗憾会伴随着我，跟着我走进坟墓。我的女儿，让我解脱吧。"

10

那天是圣约瑟节，乐队在广场的舞台上纵情演出，老人在舞台下伴着节奏拍手，年轻的夫妇则跳起了舞步。孩子们是最活泼的，他们挤在跳舞的人群中间歪歪扭扭地奔跑，像发疯的蟋蟀一样蹦蹦跳跳，丝毫没有疲倦的迹象。外面一丝风也没有，我的碎花裙紧紧贴在皮肤上、大腿间。这条裙子和阿孙塔奶奶生日宴上穿的衣服有点相似，安吉丽娜第一次圣餐那天她也穿了那件衣服。

我和妈妈护送奶奶一路前行，她的手放在身体两侧，不时地点点头，一会儿朝这儿，一会朝那儿，向路过的妇女微笑致意，如同一只鹦鹉。她给路过的每一个人都起了一个名字："这是罗塞塔，她的丈夫经常打她。这是南妮娜，她给她的丈夫戴了绿帽子。"

"你觉得呢？安娜？你靠近点，我听不到你的声音。你要回家了吗？再等一会儿吧，和我多待一会儿，这些人总是把我一个人落下。"

我们陪着她从小巷一直转到广场，然后妈妈又陪着她回到了家。"去吧，去吧特蕾莎。"她说，"年轻人要给自己找点乐子。"

我沿着小巷回头看了她们好几次，母亲为奶奶摆好椅子，好让她能够继续沐浴阳光。

我决定在圣约翰教堂停留一会儿。教堂门前的空地上挤了一圈人，入口两边有两个身材臃肿的女人，穿着黑色的衣裳兜售蜡烛、守护神雕像和讲述圣人生平的书。人群把我挤进了教堂，一道强烈的光线穿透窗户，教堂的中殿散发出浅蓝色的光泽。太阳光刺得我睁不开眼，除了混乱的画面和一块巨大的黑色阴影，第一眼我什么都没有认出来。过了好几秒，我的双手慢慢从眼皮上移开，一切才清晰起来，中殿、教堂、耶稣受难图、祭台、忏悔室。我低下头，四周全是他人的呼吸，身边挤满了热烘烘的身体。我有些喘不过气来，一阵头晕目眩，只好溜走了。我在心里默默请求圣约翰的原谅："圣约翰，请保佑我的妹妹吧，让她一直快乐。"

就这样，我加快步伐，向广场走去，路上和贝佩先生打了招呼。他站在门口，胡须变长了不少，嘴里嘟嘟囔囔的。

"向男爵夫人问好。"他急忙终止原来的话题，对我说道，周围的人纷纷开始大笑。

他们的呼吸和笑声令我如芒在背，我颤抖了起来。

乐队演奏的时候我见到过安吉丽娜，她靠在男爵的臂弯里，两个人都很美，这份美好对于这片土地来说是陌生的。我听到身后有人窃窃私语，就知道她来了。她抿着嘴，眼神有些呆滞。我应该看出来的，安吉丽娜，我本应该看出来的。我走到她身边亲吻她，她的丈夫向我微笑，却没有松手，她一直靠在丈夫的怀抱里，沉默不语。

你怎么了，安吉丽娜，在你丈夫身边你就说不出话吗？我在心里嘀咕。

"你怎么样？"我打破了沉默。

"挺好，你呢？"

我点点头，目光很快落在她的丝质连衣裙上，裙子的颜色如同成熟的桃子。她卷曲的头发间有两朵小花，脖子上系了一条灰色围巾。

"安吉丽娜，你现在就像电影明星一样，没有人能比得上你。"

爸爸和工会的其他伙伴也来了。他们喝了酒，爸爸似乎喝得比别人都多。他的头发打了发蜡，向后梳起，鬓角的头发开始变得稀疏，露出了宽阔的额头。他穿着一身肥大的衣裳，裤子在瘦削的双腿上来回晃动，在袜子周围荡来荡去。

"晚上好，男爵先生。"他向前迈了一步，冷笑着和他们打招呼，然后转向了同伴们，似乎想要获得他们的支持。

"爸爸，你喝多了。"安吉丽娜说。她环视整个广场，希望这样便能够避开别人好奇的目光。

"我向新皮尔逊男爵致敬，男爵曾经在北方读书，现在是科佩蒂诺所有土地的主人。我也向男爵夫人致敬，她以前姓索祖，现在鬼知道她姓什么。"

父亲手里有一只杯子，里面盛了一半的酒，他微微屈膝，举起了酒杯。

"索祖先生，今天过节，您却非要闹出笑话。"

所有人都沉默了，爸爸的目光移向安吉丽娜，醉醺醺的笑意凝固了片刻，眼睛闪闪发亮。

"安吉丽娜……"他开口了。这时，一个在大人之间上蹿下跳的孩子不小心撞到了他，酒水洒在了男爵的西装上，男爵松开安吉丽娜的手，张开了手臂。

像乌鸦一般潜伏在广场周边的随从立刻赶了过来。爸爸手里端着空了的酒杯，看着男爵衣服上红色的液体。

"男爵先生！"男爵的随从大喊。

男爵再次扬起了手臂。

"没事的，都下去吧，意外而已。"

趁着她的丈夫和我们的父亲没有注意，安吉丽娜抓住了我的手，把我带到一边，摆脱了人群的笑声和低低的咒骂声，远离了一直在演奏的乐队。

她脱下高跟鞋，我们在小巷里穿行，巷子里没有一个年轻人，只有老人远远地守在家门口，等待着有人经过带来节日的消息：乐队怎么样？守护神的雕像怎么样？广场装饰得怎么样？

她们转过头来，看着手牵手奔跑的索祖姐妹。安吉丽娜解开了她及腰的长发。

"我们去哪里，安吉丽娜？"

我问她这个问题，却并不是真的想知道答案。我看着她，端详她的眼睛，她的头发，她下颌的弧线，还有顺滑的丝绸衣服勾勒出来的窈窕身材。

　　我们一路奔跑，跑过了房屋和小巷，直到四周一片寂静，只剩下蟋蟀"吱吱"的叫声。她带我来到了卡尔多塔。我们筋疲力尽，气喘吁吁，躺在地上望向天空，夕阳西下，渲染开一片橙色与粉色。

　　"我想你，安吉丽娜。"

　　"我也想你。"

　　"当男爵夫人的生活怎么样？你从来没有和我讲过，为什么什么都不告诉我呢？"

　　她顿了几秒，然后回答道："和我想象中不太一样。"

　　"为什么，安吉丽娜，你不开心吗？"

　　她在潮湿的草地上摸索着我的手，然后紧紧握住。

　　"特蕾莎，你还记得我们的布娃娃吗？她叫什么来着？"

　　"妮妮塔。"我说。我看着她，感觉她的脸像浸湿的水彩画一般融化了开来。

　　"你有没有感觉过自己就像妮妮塔一样，像一个布娃娃？"

　　"有的，安吉丽娜。"

　　"妮妮塔。"她喃喃自语，"我记得有时候我会特别用力地捏紧她，以为这样就能把它撕碎，我左右摇晃她，她的脑袋几乎都被我揪掉了。"

"那你呢，安吉丽娜，你也觉得自己像妮妮塔吗？"

她凝视着我，过了好一会儿才说："对，特蕾莎，我就是她。妮妮塔，妮妮塔。"她的声音一开始很低沉，渐渐变得越来越铿锵有力，这是这一片静谧里唯一属于人类的声音。四遍，五遍，六遍，她一边重复，悲伤从她的身体里渗透出来，融化在了卡尔多的土地上，卡尔多塔强盗的灵魂盘旋在塔顶上方，守护着这里。

"安吉丽娜。"我轻声喊着，"安吉丽娜。"

下雨了。

"我得走了，我得回到我丈夫身边去。如果我一个人随便乱走，他会生气的。"

我盯着她，脑海中浮现出素未谋面的祖母阿孙塔的妹妹。我想，她大概和安吉丽娜一样，双眼漆黑如深渊，空洞无物，没有活力。从她嘴里说出的话永远没有重点，当中却暗藏着多少只有她自己才知道的秘密与不公，尔后消失在寂静之中。

安吉丽娜，你走吧。我一动不动地停留在原地，雨滴钻进我的衣服，顺着我的脖子、胸脯流下，一直落到肚脐上。

一天晚上，阿孙塔奶奶仿佛遭受了某种痛苦，突然变得焦躁不安，把她这一生积攒的贵重物品都堆了起来。堂姐作为结婚礼物送给她的银镇纸，她妈妈留下的珍珠母别针，一只小金表，泛黄的老照片，咖啡用具，一个茶壶和几把银汤勺。她拖着步子走到床前放毯子和床单的椅式箱前，拉开盖在上面的亚麻布，抽出了一条黑色的裙子，上面绣着白色的小碎花。"我把它存放在这里好多年了。"她轻声说。她说，如果把它穿上，阿曼多爷爷就会过来找她，等到她进了坟墓，他们就能在一起了。

"坟墓很荒凉的。"她嘟哝道，"但是白色的石板很光洁，旁边还有一个花团锦簇的小花坛。"

她抬起手，仿佛能摸到坟墓上的大理石，能触到爷爷对着她微笑的面庞："来吧，阿孙塔，我一个人在这儿好久了，很孤单。"

妈妈一直觉得那些死者真的能开口说话，阿孙塔奶奶也预感到自己大限已至，这让她忧心忡忡。于是，她把我一个人送到了乡下，送到了梅扎皮特，而她和爸爸则留下来安抚奶奶，照顾她奶奶入睡。"如果奶奶出什么事，我会回来接你的。"她和我作别。

然而，来的却是安吉丽娜。黎明时分，天气寒冷，她穿着一件比平时大了两倍尺码的厚毛衣出现了，没有化妆，头发黏在脸上。

"妈妈在哪儿？"她一边哆嗦，一边焦躁不安地问我。

她和爸爸都在阿孙塔奶奶家。昨晚奶奶一直在说胡话，他们不想把她丢给妮妮娜婶婶和洛丽娜。你怎么了，安吉丽娜？你还好吗？

"嗯，特蕾莎，我很好。"

她面色苍白，毫无血色，明明人是清醒的，看上去却心不在焉，仿佛那些从岩壁的裂缝里溜出来和阿孙塔奶奶交谈的鬼魂，让我瑟瑟发抖。

她空洞而冰冷的眼睛好像洋娃娃一样，我凝视着她，试图拨开她掩饰自己的尘土，找出真相。

"特蕾莎，我要给你一样东西。"她从毛衣下面掏出一本日记，"你要把它读完，向我保证，你会读完所有内容。"

"我会读的，但是为什么呢？这是什么意思？"

"我以后会告诉你的，现在我得走了，没时间了，特蕾莎，我真的要走了。"

她转过身去，离开了，我困惑地望着她的背影，试图喊出她的名字让她停下，但最终还是让她离开了。她的脚踩过落叶与橡实，沿着路面发出阵阵回响。周围的世界一下子空空荡荡，我的心也空了，我一动不动地望着她，她沿着街道奔跑，长发在腰后起伏。

她只回了一次头："我爱你，特蕾莎，很爱。"

11

为什么你从前不告诉我呢？安吉丽娜，为什么你从不向我叙说你的孤独？为什么你不向我们倾诉男爵的冷淡，还有他掌掴你脸颊时的粗鲁？这就是你鲜少露面的原因吗？你的宫殿变成了监狱。你在窗边驻足，听着从外面传来的嘈杂声，车夫的吆喝，猫咪的叫声，远方孩子的喧闹。这些声音如同摇篮曲一般越来越弱，飘零着，颤抖着，然后像肥皂泡一样消散了。

一开始你是快乐的，安吉丽娜。日记书页上的字歪歪扭扭，充满了激情。你一个一个地回忆了镇上所有你讨厌的女人。伦齐亚总是从门口探出头来，围裙里包满了蚕豆，豆子不时地滑落出来。接生婆诅咒着撕咬羊毛床罩的老鼠，用扫帚驱赶它们。西米鲁塔总是躲藏在巷子深处，然后突然神神道道地出现。你终于摆脱了这样的生活，走进了白色的庄园，厚厚的墙壁包围着你，保护你免受流言蜚语的中伤。

一开始，是喁喁私语，是激情的吻，是热恋的夜晚。

我是这个家的女王，谁能伤害我呢？朱塞佩总是对我说，我是科佩蒂诺最美的女人。他看着我，轻轻叹息，他抚摸我的身体，仿佛在抚摸一条天鹅绒。我曾经多少个夜晚梦见他，而现在他就睡在我身旁，发出均匀的鼾声。我的丈夫是那么与众不同。他的脸多么优雅，眼睛大而甜美，睫毛长长的，像女子一样。我知道我属于这里，我本来就该在这里的。男爵夫人。我是男爵夫人，这一刻才是我人生的开始。

你喜欢那些孤独日子里的寂静，那些平静无澜的时间，仿佛在另一个节奏完全不同的世界。

你的日记里不时会出现爸爸的名字，提到他歪歪扭扭的笔记，在纸张上洇开的墨水，但也只是寥寥数语，很快就会转为关于爱情的文字，这些话虽然毫无意义，但却很甜蜜，等待着被破解，例如"家的黎明""玫瑰女王""纯洁的爱"。我想象着你伏案书写的模样，你是个勇敢的小说家，用笔墨诉说其他女人讲述的故事，就这样填满你少年时代浪漫的幻想和异域的冒险。安吉丽娜，你的语言好似梦一般。你和日记里的女人彼此相爱，就像照镜子似的。你创造了一个秘密世界，没有人可以闯入这里，如果说一开始男爵是拯救你的骑士，随着文字的发展，他的模样已经变了，他变成了恶魔，变成了披着羊皮的狼。

我问自己，人可以拥有两副面孔吗，一副天使的面孔，一副魔鬼的面孔，突然就变了模样。我的丈夫就是恶魔的牺牲品，暴躁、阴暗，镇上的人都这么形容他的父亲。他们还说，有其父必有其子。生活总是动荡不安，充满了不确定，我的卧室现在变成了一个陌生的地方。多少个夜晚我曾经在那里凝视你的脸庞，现在却只觉得寒冷和痛苦，我瑟瑟发抖，惊惶不安。我离我幸福的日子越来越远了……我的丈夫，你不再说我是科佩蒂诺最美丽的女人，甚至当我按照你的喜好把头发披散在肩上，穿上你送我的粉色丝绸睡袍，你也没有说过。我常常在窗边等你，一等就是好几个小时，我想知道你回来的时候会是什么心情。我的眼前浮起湿润的光芒。我背叛了我的家庭，我的血统，得到了父亲的仇恨，每当我想起我的家人，想起我心爱的姐姐特蕾莎，一种无名的痛苦就包裹着我，像蛇一样，勒紧我的喉咙，让我无法呼吸。

我颤抖着手，合上了日记，没有办法继续读下去了，胸口仿佛压着一块巨石，衬衫变得很紧，阻碍了我的呼吸。一阵咸咸的微风吹过，散发出刺鼻的味道，让我一阵恶心。

我看见你了，安吉丽娜。读着你的文字，我彻底感受到了你的孤寂。你那座富丽堂皇的房子突然变得陌生，你躲在昏暗的角落里，阴影笼罩着你，让你窒息。我还看到了男爵……

他进来了，你听到了他的羊皮鞋踩在地面上的脚步声，准确而又规律，如同戏剧里的场景。男爵倒了一杯威士忌，他一直都把酒瓶放在入口处的桃木桌上。他解开金制的袖扣，饰品落在抛光的木头上，发出叮叮当当的声音。然后他卷起衬衫的袖子，沿着巨大的楼梯走了上来。你听到了鞋底踏在台阶上的声音，精巧的山羊皮在大理石上摩擦的声音。

你知道，你就要见到他了，你也会再一次在他身上闻到花香，那令人作呕的气味是外面女人的味道。你的血液在血管里沸腾，视线变得模糊，双腿发软，每一块肌肉都缩了起来，心脏皱成了握紧的拳头。

你听到他在走廊里前行，然后走进了卧室。你站在镜子前，一动不动，泪水冲刷着精致的妆容。

"还没睡？"他的声音传来，语气平静而沉着，没有一丝丝纰漏。

你背朝他摇摇头，不敢看他，你还不敢看他。

"你去哪儿了？"你的声音在颤抖，身体其余部分也在颤抖。

一阵短暂的沉默，房间里只剩下了呼吸。

"随便转转。"他的回答很简短。他清楚自己的地位，他是这个家的主人，良心没有任何包袱。

他继续往里走，脱下了鞋子，先是右脚，再是左脚，然后把它们摆在了卧室门前。他坐在绣花毯子上，解开衬衫的纽扣。你听见衬衫窸窸窣窣的声音，缓缓解开衣服，露出了自己的胴体。你想唤醒他，但他无动于衷。你的心里滋生出一种奇特的仇恨，这份仇恨让你困惑不堪，因为爱还在，否则你也不会穿上粉色的丝绸睡袍。爱与恨都有千万种理由。他抓住你，褪去你的衣裳，你已毫无招架之力，你只能依偎着他裸露的身体，呼吸别人的气味。

后来，一天晚上，你终于鼓起了勇气，安吉丽娜。你打开巨大的衣柜，随手抓了一件衣服快速穿上。一条黑色的短裙，一件厚毛衣，浅灰色的外套，一双高跟鞋。你绑起仍然湿润的头发，没有时间擦干了，在你改变主意之前，你必须赶快出去。你穿好衣服，睡衣和擦头发的毛巾全都散落在地板上，梳妆台的抽屉大开，就连衣柜的门都敞开着。外面很冷，尽管你强壮又健康，狂风吹过你湿透了的头发，也可能会让你生病。

"一直以来我都很坚强。"你对自己说，"软弱的那个是特蕾莎。"

你一路行走，头发湿漉漉的，脸上没有化妆，仿佛一个小女孩。你看到了小男爵和他偏爱的情妇在房间里欢愉。那里有许多逼仄而昏暗的房间，挂着沉重的天鹅绒窗帘，每一个房间的颜色都不相同，令人眼花缭乱。而你丈夫所在的那个房间里，窗帘，床头灯下面的绣花小垫子，桌布，床对面靠墙的小桌，蓝色占据了一切。就连床单也是蓝色的，叠得整整齐齐，仿佛被一位能干的家庭主妇精心打理过。小男爵经常选择那个房间，也许是因为他喜欢蓝色。她躺在床上等待他。她很年轻，名叫玛利亚，这是她在吉塔妓院当妓女的第二个晚上。

小男爵已经完成了他惯常的那套仪式，袖口、鞋子、外套、衬衫。他端详着躺在他身边的女人，腹部和臀部圆润而完美，皮肤如牛奶般白皙。他抓住她的头发，她弓起后背，黑色的卷发轻轻扫过床单。顷刻间，玛利亚已经一丝不挂，小男爵脱去她的内裤，用力穿透了她。

你走到吉塔妓院，一个满脸麻子的丑女人跑过去喊他，他气喘吁吁，不知道该说些什么好把你打发回家。可怜的女孩，遭受背叛的妻子来寻她的丈夫了。小男爵看着你，几乎认不出你来，你素面朝天，瘦弱的身躯套在大了两号的外套里，头发扎在一起，依然湿淋淋的。他心想，自己为什么会娶她呢？农民的女儿终归还是农民。在你丈夫的身后，玛利亚出现了，她美丽耀眼，慵懒娇柔，看着她，你仿佛看到了曾经的自己。她高挑迷人，一头光滑的黑发，皮肤如同牛奶，两只灰色的眼睛锐利而贪婪，让你想起了妈妈。

"回家吧，安吉丽娜，这件事我们以后再谈。回去吧，你在这儿太让我丢脸了。"他皱着眉说。他的声音仿佛只有一种音调，平淡而冰冷，没有一丝波澜。

你终于看清了。回忆是最容易变质的东西，这段时间以来，你一直都在幻想，但现在一切都很明了，你终于揭开了那层蒙蔽了视线的纱布。你记起了阿孙塔奶奶和爸爸的话："刽子手"，"混蛋"，"法西斯"。

当所有事情都在脑海中变得清晰，你来找了我，把你的人生交给了我。你仿佛一个小女孩，衣服黏在皮肤上，头发潮湿，脸色苍白而憔悴。我却没有仔细看看你，安吉丽娜，我却不知道拯救你。

我眼睁睁看着你离开了梅扎·皮特。

你去了一片果林，躺在一棵巨大的、光秃秃的苹果树下。现在你唯一的愿望就是蜷缩在树下，感受拂晓的温柔。

大地寂静无声，进行着一场甜蜜的哀悼，偶有寥寥的鸟鸣，似乎在向其他生命致歉。你轻声祈祷，然后迈着坚决的步子，跨过栅栏，径直向白色的房屋走去。带有龙嘴的青铜雕花耸立在上方，带翅膀的天使守护在两端，仿佛意味着善良终将战胜邪恶。

你哭不出来，一滴眼泪也没有。头发终于干了，又一次长长地披散在肩上。你在做什么，安吉丽娜？啊，是的……你在祈祷，是他们从小就教给我们的祷告之一，我们每次做完弥撒回家时都会背诵。但你的祈祷是沉默的，是无声的。路边，精致的黄杨整齐排列，再那边还有光秃秃的夹竹桃和水果树。到了分岔口，你转向右边，这段路上的植物更加密集，长满了杜鹃花和山茶灌木，不远处还有一片池塘。

你脱掉鞋子，感受脚下绽放着露珠的新鲜青草，还有天鹅绒般柔软的苔藓，它们在植被间到处生长。你的脚后跟陷进土地，一种奇异的感觉油然而生，体内涌动着的是一股热量，而不是寒意。你匆匆奔向山茶花园，孤独而迷惘的心里浮现出少年时的画面，那些稚气的梦想和爱情的焦灼。所有你爱的人的面孔都在你的脑海中轻舞，你也在舞蹈。风穿过你的发梢，你扬起下巴，深深呼吸，张开双臂，身体愈发轻盈。你嗅着晨间清冷的空气，眼睛追随着不断拍打翅膀的小鸟，有几只落在枝头上，树枝一半盛开着花朵，一半光秃秃的。你像小孩子一样单脚旋转，脱下了外塔、短裙，最后，只剩下了那件大两码的毛衣。你发现自己赤身裸体地跳舞，安吉丽娜，天空已经变成了铅灰色，就要下雨了。你转得实在太快了，头晕目眩，倒在了一棵古老的无花果树下。你依偎着坚硬的树皮，仿佛这棵巨大的古树可以温暖你。你像孩子一样抱住它，摇晃它，轻轻地祈祷。

我认识一个丰满美丽的姑娘，

她就住在我家旁边……

你似乎听到了这首歌，它如此清晰，如同管风琴的旋律飘扬在空中，整个树林似乎都沉浸在歌声里。这旋律来自树枝，来自绿叶，来自盛开的山茶花，来自散发着水藻和木头的腐臭的池塘。

第二天一早，用人阿图罗发现了你的死。你的头发漂浮在水面上，仿佛无数朵睡莲翩翩起舞。你的皮肤似乎一触即破，你白得如同皑皑大雪，科佩蒂诺的土地上很少会覆盖这样的大雪。

我看到你了，我的目光落在你死气沉沉的身体上，看着你白皙的手臂，肿胀腐烂的皮肤。我在你的身体上窥探到了属于你身体的最后的痕迹，脚踝上的划痕，修剪过的指甲，长而干瘪的脚趾。我一直觉得你的脚趾很难看，小趾太细太长，大脚趾却又平又粗，一点也不和谐。也许我只是想找到你的缺点，平衡你完美的外表。我盯着你了无生气的脚，数着时间。二十二，和你活过的年岁一样。

阳光透过窗户温暖着我的脸颊，唤醒了沉睡的我。我猛地转过身去寻找身旁母亲瘦小的身体，但却不见踪影。我在炉子边看到了她，她正在煮咖啡。于是我又去看望爸爸。爸爸身上的毯子堆成了小山，我只能看到他光秃秃的、干瘦的脑袋，似乎一只手就可以握住。我把头伸出窗外，环视整个居民区，阳光照亮了好几间屋子，还有巷子边的白墙。

"如果可以的话，今天我们让他坐在外面晒点太阳吧。"

我点了点头，走到爸爸床前，好近距离看看他。他似乎重新焕发了青春，皮肤显得更加光滑，为了踏上旅程，爸爸让自己变得更英俊了。

"我的一生就这么过去了，特蕾莎，我还记得这一切，仿佛发生在昨日。时间什么时候过得这么快了？"

时间……我浪费了多少时间啊，我一直以为时间会给我机会从头再来，弥补过去，忽略了多少重要的事情。我剖开它，延长它，想要证明它能够服从我们的命令，它可以绕着圈旋转，并非一直沿着同一方向前进，我们想要什么样，它就是什么样。在未来到来之前，在生命如同植物般凋零之前，时间的流逝会发出什么样的声音呢？

"我大限已至了。"

说话的是爸爸。他突然醒了过来，睁开眼睛，挣扎着举起双手，示意我和妈妈靠紧他。

"特蕾莎，快来，快来。"

她很害怕，我也是，而爸爸却是唯一一个平静的。

"安吉丽娜在等我，她一个人太久了。"

妈妈看着我，流下了泪水。我知道她在想什么，点了点头。我也流泪了，但我们俩都尽力控制住自己的泪水，留给父亲最后的画面必须是快乐的。母亲这一生都在等待的时刻终于到了。

"纳尔多，我必须向你坦白一件事，请求你的原谅。"

父亲艰难地伸出手，抚摸妈妈的脸颊。屋子里亮堂堂的，阳光落在墙壁上，投射出一扇阴影。爸爸环顾四周，仿佛那阳光是一种召唤。

"我什么都知道，卡特琳。"

妈妈紧紧握住他的手，擦干了眼泪。

"纳尔多……"

"但是我依然爱你，卡特琳，这一切都是战争的错，我决定忘记它。"

他细数那些令他厌恶的丑陋事物：炸弹、步枪、传染病、被杀死的人、污秽、男爵、强徒、丑恶。

"战争极其可憎，卡特琳，多年前我就明白了。"

接着，他的手划过我的脸颊。父亲的轻抚，我已经等待了许久，他戴着结婚的双层金戒指，手很粗糙。他抚摸着我和妈妈，我的眼前仿佛浮现出你的身影。

"去吧，爸爸。"我轻声低语，声音激动地断断续续，"安吉丽娜在等你。"

他微笑了，眼眶里噙着的泪水毛毛雨一般洒了下来。然后是一声忧郁的叹息，如同一阵漩涡从远方悄然而至，回荡在狭窄的盒子里。

"纳尔多！"妈妈嘶声尖叫。我紧紧握住她的手，轻声告诉她，爸爸只是踏上了另一段旅程。

我的眼前浮现出这样的画面……

两个小女孩手里紧紧抓着布娃娃，跑去迎接从田地里回来的爸爸。他高大强壮，额头宽阔，脸颊平滑。其中一个女孩长着一头深色的卷发，而另一个女孩的头发则很稀疏，颜色浅得如同白葡萄一般。爸爸一手抄起年纪较小的那个孩子，嗅着她漂亮的卷发，打开门，沿着阳光普照的小巷行走。一个女人把头探出窗外，拍打晒在外面的床单。她向下看去，望见明晃晃的小巷，还有门前的狗屎。她嘟哝了几句，开始唱起一首歌谣。

> 你有没有见到我丢掉的玫瑰花，
> 那女孩的脸和玫瑰一样娇，
> 她美丽而幸运，
> 她在上帝的照拂下成长，
> 上帝为她带来好运。

我望向窗外，仿佛在巷子尽头看到了父亲和他的小女孩。女孩手里紧紧抓着布娃娃，父亲轻轻挥手作别。一路顺风，爸爸，如果你见到安吉丽娜，一定要紧紧拥抱她。

如果逝者的灵魂真的能够飞翔，那么如果你们愿意的话，就偶尔飞进我的屋子，给我讲个故事吧。

感谢

许多年前，在我还是个小女孩的时候，特蕾莎和安吉丽娜的故事就诞生了，先是埋藏在我心中，后来在我的脑海里萌芽。这两个姐妹截然不同，彼此之间却有着坚不可摧的爱的羁绊，在现实生活里她们拥有另外的名字：安东尼奥塔和科妮莉亚，是我的祖母和她的妹妹。

这本小说里有很多人的人生。祖母安东尼奥塔为我讲述了她的童年、战争、与妹妹的分离、争夺土地的斗争，我想，正是这些故事埋下了我写作的种子。她是一位出色的讲述者，也许只是希望日后能有人将她的故事写成文字。我听着她的故事长大，直到她去世。两年后我终于明白，写作就是我要做的事情。于是，我写下了这本小说，献给我深爱的已经离我而去的家中所有的女性，以及依然在我身边的母亲；献给我的孩子丹尼尔和盖娅，他们是我的第一批读者，仔细而又严格地阅读了我的作品；献给我的丈夫，无论日子是好是坏，他一直支持我、爱我，当然也会给予我批评。我还要感谢那些帮助我讲述这个故事的工作伙伴。

蒙达多里是我真正的家。诚挚地感谢琳达·法瓦，马希米亚诺·卡多尼，玛丽莲·罗西，乔瓦尼·弗朗西斯，卡罗·卡拉巴·阿尔贝托·罗洛，弗朗西斯科·安西莫以及蒙达多里的所有工作人员。这是一个了不起的团队，感谢所有人的信任、专业、魄力和敏感度。感谢我出色的经纪人菲亚梅塔·比安卡特里，在过去的两年中，她对我来说已经变得非常重要。感谢她一直以来的支持。同时，还要感谢翁布雷塔·波尔加和保罗·瓦伦蒂尼。最后，感谢我多年的好友奥利塔，许多年前，她是第一个信任我写作的人！

出 品 人：许 永
出版统筹：林园林
责任编辑：许宗华
特邀编辑：王佩佩
封面设计：墨 非
印制总监：蒋 波
发行总监：田峰峥

发 行：北京创美汇品图书有限公司
发行热线：010-59799930
投稿信箱：cmsdbj@163.com

微信公众号

官方微博